Une vie sans existence

Camélia

Une vie sans existence

© 2013, Camélia
Edition : BoD - Books on Demand
12/14 rond-point des Champs Elysées
75008 Paris
Imprimé par Books on Demand GmbH,
Norderstedt, Allemagne
ISBN : 9782322031009
Dépôt légal : Avril 2013

Le Code de la propriété intellectuelle interdit les copies ou reproductions destinées à une utilisation collective. Toute représentation ou reproduction intégrale ou partielle faite par quelque procédé que ce soit, sans le consentement de l'auteur ou des ayants cause, constitue une contrefaçon sanctionnée par les articles L. 335-2 et suivants du Code de la propriété intellectuelle.

Dans mon pays le poids est roi
et le défier je ne peux pas.

Je suis seule et j'ai si froid.

Obnubilée par la minceur
mon futur incertain ne fait peur.

Qui suis-je ?
Je ne me comprends plus.
Je ne peux écrire cette trop douloureuse vérité.
Je ne trouve pas les mots.
Je n'ose pas les écrire.
J'aimerai tellement y réussir.
Pouvoir m'avouer la vérité.
L'accepter.

Comme je voudrais pouvoir guérir
sans jamais avoir à grossir !

Au cœur de mes nuits d'insomnies,
c'est tout mon corps que je détruis.
Plus de raison dans mon esprit
et c'est ma vie que je vomis.

Il est si difficile de dire « Non »
et de « SE dire non ».

Prise dans un chaos d'abstention :
préoccupation et incompréhension
vont achever ma destruction.

Trop plein de larmes oppressent mon cœur.

A tous ceux qui m'ont donné envie de vivre
A ceux qui ont vécu de près ou de loin ce fléau
A ceux qui auront à le subir
A ceux qui veulent tout simplement essayer de le comprendre
A TOI

Une plume du poids d'une montagne

Année 2004

Si aujourd'hui j'écris ces quelques pages c'est parce que j'en éprouve un cruel besoin. Besoin de me confier, besoin de mettre des mots sur ce que je ressens... sur une maladie bien souvent méconnue et incomprise. Mais si j'écris c'est aussi pour témoigner. Je souhaite que les malades comme leurs proches puissent mieux cerner ce que peut être cette pathologie, l'anorexie. En ce qui me concerne je l'ai approché de près, pendant longtemps, et ai fini par en être « touchée » à mon tour.

En effet... Petite j'avais un appétit d'ogre. Puis en grandissant je me suis mise à avoir ce que j'appellerai des « périodes ». Des périodes où je ne mangeais rien et des périodes où il ne fallait pas laisser traîner trop de sucreries à la maison... Ces périodes sont communes à de nombreux adolescents. Elles sont à mon avis – je ne suis pas médecin ! – normales. Le problème survient lorsqu'une d'elles s'accentue ou persiste dans le temps. Je me mis quant à moi à avoir de plus longs moments où je ne mangeais rien... Plus longs et plus fréquents aussi. Je n'ai jamais été très grosse mais ai – comme nombre de jeunes filles lors de la puberté – pris des formes, regrettant ma minceur de petite fille. D'autres événements sont aussi advenus... Puis j'ai compris que cette névrose qu'est l'anorexie était alors là, bien présente. Et il m'a semblé que rien, non rien, ne pourrait la déloger de mon corps, devenu en quelques semaines si fragile...

Ont alors commencé ces effroyables successions de « mieux » et de « moins bien ». Un jour il me semblait manger un peu mieux, éprouver ce besoin de grossir, de retrouver des formes féminines et de pouvoir me débarrasser de toute cette fatigue, de ces vertiges et malaises... Et le lendemain je me regardais sous tous les angles, me pesais... Je n'avais pas pris un gramme mais me trouvais énorme. J'avais l'impression que grossir me ferait devenir obèse et rien que l'idée de manger devenait insupportable. Je me nourrissais quand même, pour ne pas inquiéter ma famille, mes amis. Il ne fallait surtout pas qu'ils se doutent de quelque chose : j'avais honte. Honte de cacher cela à mes proches, honte d'avoir mangé, honte d'aller me faire vomir… toujours en cachette. Et, passé le moment de soulagement où je me disais qu'enfin je pouvais avoir la certitude de n'avoir pas pris un gramme au cours de la journée, je pleurais de solitude et de tristesse. J'allais me peser et je me rendais compte que j'avais encore maigri, que je ne pourrai sans doute jamais avoir de jolies formes et que jamais il ne me serait donné de porter un enfant. Alors c'était une souffrance intolérable qui m'envahissait.

L'anorexie est un cercle vicieux et il faut de la volonté pour s'en sortir. Si la guérison est possible elle est longue et difficile à obtenir. Maintes fois j'ai cru m'en sortir et maintes fois j'ai replongé plus profondément encore… Aujourd'hui je ne peux dire où j'en suis.

… Année 2004, quelques mois plus tard

J'ai perdu six kilos en trois jours. J'en suis fière et je suis honteuse d'en être fière. Dans ces moments de lucidité je me rends bien compte du ridicule de ma situation. Comme si ma vie pouvait prendre une orientation radicalement différente si je pèse 47,5 kg au lieu d'en faire 45 kg ! Pourtant ces variations de poids ont pris pour moi, chaque jour, une importance grandissante, presque vitale.

Si je veux maigrir c'est parce que le miroir me renvoie une image déformée de mon corps. Or je sais que plus je perds du poids, plus je me vois grosse et plus les gens me perçoivent comme quelqu'un de maladif… ce que je ne supporte pas. C'est la plus totale complexité. Tout tourne autour de ces quelques grammes en trop… ou en moins. Grammes imaginaires le plus souvent. M'appréciera-t-on plus si je suis très mince ? J'en doute. Alors pourquoi m'acharner à devenir squelette ? M'aimerai-je mieux ?

Sûrement pas ! D'où vient cette obsession ? Pourquoi ne puis-je revenir à un poids normal ? Pourquoi cela m'est-il refusé ? Je ne sais si ce sont mes yeux qui sont déficients ou si ce sont mes cellules grises qui ne savent plus comment fonctionner... Toujours est-il que ce poids obsédant m'étouffe réellement et que je ne sais plus quoi faire pour chasser ces terribles idées de destruction corporelle. Aucun mot ne peut exprimer ce désir d'hurler mon désespoir, de crier à tous ce qui m'arrive et que je ne comprends pas. J'ai souvent le sentiment d'être au fond d'un précipice aux parois de sable. Et le pire c'est encore de devoir le dissimuler aux autres. De se cacher. D'essuyer toutes sortes de remarques sans broncher. De ne pas pouvoir laisser libre court à ces larmes qui montent sans jamais avoir le droit de poursuivre leur chemin sur des joues dont on me dit qu'elles sont creuses... Assurément, je sais que cette maigreur que je ne conçois pas est perçue par les autres. On m'a souvent fait la remarque que je maigrissais sans m'en rendre compte... mais si je perds du poids sans m'en apercevoir cela peut aussi vouloir dire que je peux en prendre sans m'en rendre compte ?!... Et cela me terrorise. En outre je ne ressens plus la faim. Est-ce dû au rétrécissement de mon estomac ? Au contrôle obsessionnel auquel je me plie ?

Cependant si je ne me suis pas vue maigrir et si je me trouve toujours grosse, il y a tout de même quelque chose que j'apprécie par-dessus tout : mes hanches dont les os sont apparents et mes bras squelettiques. Je pense que quelqu'un qui n'a pas vécu l'anorexie aura du mal à le comprendre, ayant moi-même des difficultés à savoir pourquoi passer mes mains sur mes hanches et sentir mes os me satisfait.

Ce soir j'ai envie de pleurer mais les larmes ne coulent pas. J'ai envie de manger mais je n'ai pas faim. J'ai envie de voir mes amis mais j'annule les soirées que nous avions prévues ensemble. J'ai envie d'écouter de la musique mais chaque bruit résonne dans ma tête à me faire mal. J'ai envie d'aller marcher, marcher jusqu'à épuisement, mais une douleur au cœur me tient collée sur ma chaise. Mon esprit n'est que confusion. Ecouter la moindre conversation me coûte. Recopier un cours est une épreuve. Et cacher. Cacher toujours. Cacher à tous. Et être impuissante. Et se sentir incomprise. Et ne pas comprendre. Un goût salé envahit ma bouche. Je pleure et ne m'en suis même pas rendu compte...

Plus encore que des conseils ou des reproches c'est de la compréhension et du soutien dont j'ai besoin. Je suis sans cesse tiraillée entre l'envie de guérir et cette fatigue terrible qui paralyse tous mes efforts. Je veux imaginer l'avenir, former des projets... Je sais que je suis à l'exacte limite entre le gouffre et la guérison et j'en ai assez. J'en ai marre. Marre de passer mes journées devant la télévision, marre d'être aussi dépendante vis-à-vis de la bouffe, marre de me forcer à nouveau à « garder », marre d'avoir si mal au ventre, marre de gâcher ma scolarité, marre d'avoir mal à la gorge, marre de ne penser qu'à « ça » jour et nuit, marre de n'arriver à rien, marre de mon poids, marre d'avoir mal... Je me sens si coupable... Mais de quoi ? D'avoir mangé ! Mangé pourtant sans excès. Je voudrais crier ma colère. Hurler. Vivre MA vie... pas celle d'une jeune fille obnubilée par la nourriture ! Mais je me tais, intériorise. Pour ne pas inquiéter. Pour ne pas être hospitalisée. Pour ne pas éveiller la curiosité. Pour ne rien m'avouer. Pour ne pas déranger. Quelle sera l'issue de cette névrose empoisonnante ?

Je culpabilise. Culpabilise parce que je suis fatiguée. D'une fatigue incessante. D'une fatigue extrême. Fatigue du corps. Fatigue de l'esprit. Fatigue due aux obsessions continuelles. Fatigue due à ces nuits sans sommeil. Fatigue due aux privations. Fatigue due aux excès. Fatigue due à un corps qui ne suit plus. Fatigue qui provoque des troubles physiques. Fatigue qui perturbe l'esprit. Fatigue qui dure depuis si longtemps. Fatigue qui ne cessera donc jamais ? Fatigue anormale. Fatigue incomprise. Fatigue fatigante. Mon corps est épuisé. Mon esprit à bouts de forces. Combien de temps peut-on tenir sans dormir ? Sans se nourrir ? Comment ne pas envoyer paître tous ceux qui se plaignent d'être fatigués lorsqu'on connaît une VERITABLE FATIGUE ?

J'ai un poids sur le cœur, le poids de mon corps... Il me semble qu'aujourd'hui c'est ma vie que je vomis. Et pourtant j'aime la vie. Je n'ai jamais cessé de l'aimer. Je voudrais tellement que ce cahier s'achève sur un chant d'espoir... mais comme le dit le proverbe, « *l'espérance n'est-elle pas que le songe d'un homme éveillé* » ?

L'anorexie mentale en quelques mots

I – Définition et épidémiologie[1]

L'anorexie se définit comme une « *conduite de restriction alimentaire dont la persistance et la sévérité contraste avec l'absence apparente de troubles psychiatriques majeurs* »[2]. Cette pathologie survient le plus fréquemment entre seize et vingt-cinq ans et atteint neuf femmes pour un homme. Un début précoce – aux alentours de dix ans – ou tardif – après vingt-trois ans – augmente la sévérité du pronostic[3].

La gravité de la maladie peut être précisée grâce à l'IMC – Indice de Masse Corporelle – qui se calcule suivant la formule : poids en kilogrammes divisé par le carré de la taille en mètres. Chez l'adulte l'IMC est considéré normal s'il est compris entre 18 et 25. Au-dessous de 18 la personne est considérée comme maigre. Au-dessus de 25 elle est dite « en surpoids » et à plus de 30 elle souffre d'obésité.

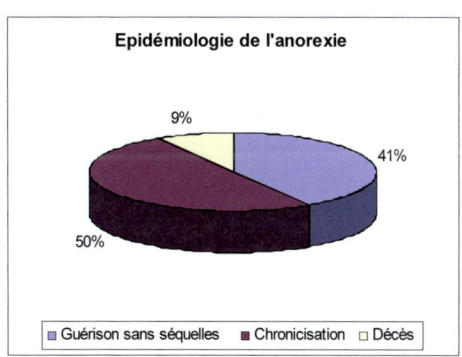

---

[1] *Troubles des conduites alimentaires*, Dr N. PAPET, Dr N. LAFAY, Dr C. MANZANERA, Pr J-L SENON ; http://www.senon-online.com
[2] *Ibid. n°1*
[3] *Dico Infirmier*, CH. PRUDHOMME, A-F. PAUCHET-TRAVERSAT, J-F. D'IVERNOIS, éditions Maloine, juin 2004

II – *Manifestations*

La restriction alimentaire se manifeste par la planification de régimes très stricts, parfois associés à des vomissements volontaires et / ou une prise de laxatifs. S'ensuit un amaigrissement massif, dénié et dissimulé avec souvent une perte de plus de 15% du poids initial. Cet amaigrissement entraîne de nombreux autres symptômes.

- <u>Symptômes somatiques :</u> bradycardie, hypotension, hypothermie, vertiges, malaises, fatigue, céphalées, douleurs abdominales, aménorrhée, alopécie, altération dentaire, ostéoporose, troubles rénaux à type d'œdèmes, troubles de l'élimination à type de constipation, augmentation de la sensibilité aux infections…

- <u>Symptômes biologiques :</u> anémie, hypoprotidémie, hypokaliémie, hypoglycémie, hypercholestérolémie...

- <u>Signes du conflit psychique :</u> troubles de l'image corporelle, désir de maîtrise, hyperactivité sportive et scolaire, difficultés de concentration, affectivité bloquée…

Les complications de cette pathologie peuvent être gravissimes, à l'exemple de la cachexie (phase terminale de l'amaigrissement avec épuisement de l'organisme) ou encore des tentatives de suicide (15 à 20 % des personnes anorexiques)[4].

III – *Thérapeutiques*

Le traitement de l'anorexie est fonction de chaque patient. Le plus souvent l'hospitalisation est nécessaire afin d'obtenir une rémission. Cette hospitalisation consiste en une séparation d'avec le milieu familial, une psychothérapie (avec des approches familiales), un « contrat de poids », une réalimentation, une

---

[4] *Ibid. n°1*

réappropriation corporelle progressive (…). Pour les formes moins graves un suivi psychothérapeutique et nutritionnel peut suffire.

[*Petit aparté*... Il me paraît évident que la personne anorexique trouve des bénéfices secondaires à sa maladie, ces bénéfices différant selon chacun. Une question domine alors : sans ces points positifs, le symptôme ne s'effacerait-il pas de lui-même ?]

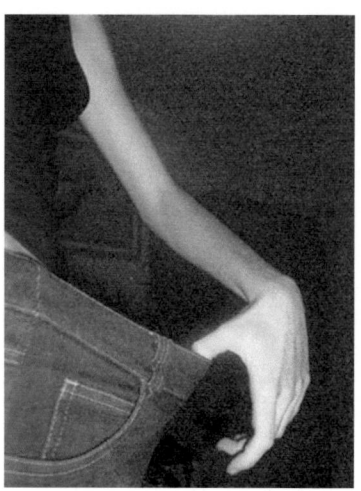

Chapitre I

Il tourna vers elle ses grands yeux de hibou. D'une voix nasillarde et sans aucune considération pour ses larmes, il lui demanda de tout reprendre depuis le début. Rochelle ne savait plus où elle en était. Vide. Son esprit était vide de toute pensée rationnelle. Se concentrer était chose impossible. Elle triturait nerveusement une mèche de cheveux rebelle. Tout fichait le camp. Cet examen était son dernier espoir, le but qu'elle s'était fixée pour tenir. Si elle ne l'obtenait pas il ne lui resterait plus rien...

L'homme répéta sa question. Il ne comprenait pas l'importance de ce qui était en train de se dérouler. Pour lui Rochelle ANAO n'était qu'une candidate comme les autres. Et pour lui la jeune fille n'avait pas travaillé sérieusement l'année écoulée.

Rochelle tourna lentement la tête vers la fenêtre. Le bleu du ciel attira son regard. « Tout reprendre depuis le début »... peut-être n'était-ce pas une si mauvaise idée ?

***

Devant le miroir de la salle de bains, Rochelle s'admirait. Ce soir elle se trouvait jolie. Ses yeux bleus, son maquillage discret mais bien présent, ses nouveaux vêtements, ses bottines noires... Cet apparat lui donnait confiance en elle. L'apparence avait toujours tenu une place fondamentale dans sa vie. Jamais elle ne serait allée au lycée vêtue d'un pull informe ou d'un jean démodé. Paradoxalement, elle n'aimait pas être habillée comme les autres. Son souhait était de se différencier tout en restant « dans les normes ». Elle appréciait de ne pas passer inaperçue... sans toutefois trop attirer l'attention sur elle. Cela la rassurait.

Se passant sur le visage un coton imbibé de démaquillant, elle sourit en songeant à tous ceux qu'elle allait retrouver le lendemain. Ces vacances d'été lui avaient semblé interminables.

Ses camarades lui manquaient. Laure surtout. Pensive, elle se remémora ce qu'elles avaient vécu toutes les deux l'an passé. Elles riaient souvent sans parvenir se contrôler. Parfois des regards curieux se tournaient vers elles, vers ces jeunes filles qui semblaient boire à pleines gorgées l'eau de la vie. Rochelle et son amie ne se préoccupaient pas de ce que l'on pouvait penser d'elles, de leurs fous rires qu'elles étaient les seules à pouvoir comprendre, de leur façon d'être si peu commune… Leur philosophie de vie semblait inébranlable. Rochelle espérait retrouver cette complicité avec Laure. Certes le baccalauréat les attendait à la fin de l'année et, par conséquent, elles se doutaient qu'il faudrait réduire leurs escapades afin de travailler plus sérieusement. Mais cela ne pourrait les empêcher de passer de bons moments ensemble. Rochelle alla se coucher en songeant à tout ce qu'elle raconterait à son amie le lendemain, jour de la rentrée.

***

Les retrouvailles avaient été à la hauteur des espérances de Rochelle mais elles avaient rapidement dû laisser place aux sempiternelles heures de cours.

Littérature. La professeure – une femme d'une trentaine d'années – leur demanda de remplir les habituelles « petites fiches ». Nom et profession des parents, nombre de frères et sœurs, classes redoublées… et principaux traits de caractère. Rochelle jeta un rapide coup d'œil sur les feuilles de ses voisines. Elle ne voulait pas comme chaque année écrire *la* réponse bateau : « curiosité », « timidité », « sensibilité », « gentillesse »… Evidemment tous ces traits de caractère auraient pu la définir. Mais ils lui paraissaient inexacts. Ils étaient à son avis trop… *relatifs*. Après une rapide délibération avec elle-même elle finit par écrire : « perfectionniste ». Et elle rajouta : « souvent en proie à l'ennui ». Puis elle fronça les sourcils et raya les mots. Ils étaient faux.

En réalité Rochelle n'avait connu le « véritable » ennui, l'ennui profond, qu'une seule et unique fois. C'était le mercredi qui avait précédé la rentrée. Elle avait été aux prises avec de sombres pensées tout l'après-midi et ces idées noires l'avaient cloué sur son lit sans qu'elle puisse réussir à s'en détacher. Elle avait eu du mal à comprendre le sens de ce mystérieux sentiment. Cependant elle n'eût pas la possibilité d'y méditer plus longtemps. Elle fut bientôt prise par le rythme effréné de cette première journée. Les professeurs se succédaient les uns aux autres sans qu'elle puisse trouver le temps de respirer. Cette année s'annonçait chargée !

***

Lorsque Rochelle arriva chez elle, elle n'avait qu'une envie : se reposer. Un pot de crème glacée à la main elle se posta devant les informations. Sa mère passa dans son dos, un chiffon à la main, lui répétant une fois de plus qu'elle finirait obèse si elle continuait dans cette voie. Rochelle poussa un long soupir. Elle aimait sa mère plus que tout au monde mais ne supportait plus ses remarques incessantes. La jeune fille quitta le salon et alla se réfugier dans l'ancienne chambre de sa grande sœur, Sofia, qui habitait maintenant un appartement à une heure de route de chez eux. Elle alluma la télévision et alla fermer la porte à clef. Enfin un peu de tranquillité !

Rochelle s'installa confortablement. Les informations se poursuivaient et le pot de crème glacée se vidait peu à peu. Un reportage sur un attentat suicide en Palestine fit place à un autre, sur un défilé de mode parisien. Rochelle fut comme fascinée par l'écran. Bouche-bée elle regardait les mannequins qui marchaient si gracieusement sur la scène. Leurs corps filiformes, leurs fins visages, leurs tailles élancées... de véritables apparitions ! Avec angoisse, elle jeta un coup d'œil à son pot de glace. Elle se leva et se posta devant le miroir à pied de sa sœur. D'un geste elle se débarrassa de son pull, avant de s'inspecter sous toutes les coutures. Ses cuisses, son ventre, son visage... quel contraste avec les mannequins de l'écran ! Son regard allait et venait entre les images de ces tops-model et son propre reflet.

A l'adolescence – comme toutes les jeunes filles de son âge – Rochelle avait pris quelques formes. Rien de catastrophique. Son poids était dans la « norme ». Mais Rochelle était une éternelle insatisfaite. Elle ne voulait plus s'habiller en taille quarante. C'est à ce moment là qu'elle décida de perdre deux ou trois kilos, juste l'équivalent d'une taille de pantalon.

***

La décision prise par Rochelle de perdre ses quelques rondeurs ne tarda pas à être mise en application. La jeune fille n'avait jamais été une grande sportive néanmoins elle décida de multiplier athlétisme, natation, tennis… Madame ANAO avait d'abord été ravie par ce brusque revirement... après tout le sport ne pouvait pas nuire à la santé ! Mais l'acharnement de Rochelle à éviter cette inactivité physique qu'elle appelait « *ramollissement* » commençait à la préoccuper. Elle ne voyait plus sa fille, à l'exception des repas où celle-ci continuait de s'agiter autour de sa famille attablée.

Madame ANAO mit ceci sur le compte de l'adolescence et se dit qu'elle ne pouvait pas reprocher à Rochelle de vouloir entretenir sa forme… En outre elle savait que Rochelle était persuadée d'être le « vilain petit canard » de la famille. Elle était au courant que sa fille se sentait différente de ses frères et sœurs. Différente car elle ne possédait ni leur charme particulier, ni leurs cheveux en or, ni ces fossettes qui se creusaient aux coins de leurs joues lorsqu'ils souriaient… Madame ANAO aurait tellement voulu que sa fille ait plus confiance en elle. Malgré ses facilités scolaires Rochelle n'était jamais satisfaite. Elle voulait être la meilleure partout et faisait tout pour se surpasser. Ce qu'elle n'avait pas compris c'est qu'à trop vouloir être… on n'est plus du tout.

***

Ce matin-là Madame ANAO regardait sa fille avec fierté. Rochelle avait tenu ses résolutions. Elle avait perdu deux kilos en se nourrissant d'aliments moins caloriques qu'auparavant et en faisant régulièrement de l'exercice physique. Sa silhouette s'était affinée et elle avait préservé de jolies formes féminines. Sa mère l'avait longuement félicité pour ses efforts. Néanmoins Rochelle ne comptait pas en rester là. Les résultats étaient bien trop bons pour s'arrêter déjà…

***

Rochelle regarda Sofia avec jalousie. Elle ne supportait plus cette famille trop parfaite. Tout le monde complimentait Natanaël pour sa joie de vivre, Océane pour le charme qu'elle dégageait, Symon pour sa façon d'être toujours calme et égal à lui-même, Sofia pour sa beauté… Personne ne s'adressait jamais à elle ou seulement pour la féliciter au sujet de ses connaissances en matière de littérature ou d'histoire. Et aujourd'hui Sofia venait d'annoncer qu'elle était enceinte…

Rochelle avait du mal à accepter cette idée. L'annonce de la venue de ce bébé, qu'elle rejetait inconsciemment, la perturba beaucoup. Il lui semblait que ce nouveau-né l'éloignerait de sa sœur. Déjà Sofia n'était plus la même. Elle était plus rêveuse. Ses discussions s'orientaient très vite autour du bébé. Rochelle avait gardé pour elle la rancœur éprouvée au moment où sa sœur lui avait appris qu'elle s'installait avec son ami. Elle fit de même pour l'annonce de la venue de l'enfant et préféra s'isoler pour pleurer. Depuis quelque temps elle se sentait seule. Elle se savait entourée par sa famille, ses nombreux amis… mais elle avait la désagréable impression d'être en constant décalage par rapport à eux. Rochelle choisit de ne pas redescendre auprès de ses proches. Elle s'endormit comme une masse entre deux sanglots.

Le lendemain, quant elle s'éveilla, elle se dépêcha de faire sa toilette et courut prendre son bus. Elle souhaitait éviter les questions de ses parents sur son échappée de la veille. Elle avait hâte que le cours d'éducation physique débute pour qu'enfin elle puisse se changer les idées.

***

Cependant le cours tant attendu ne fut pas tel qu'elle l'avait imaginé. Rochelle n'avait pas fait cinq cent mètres que déjà elle se sentait au bord de l'épuisement. Des points lumineux dansaient devant ses yeux. La jeune fille se rendit compte que jamais elle ne pourrait achever son tour de piste. Devant elle deux lointaines silhouettes s'éloignaient à grandes enjambées… Rochelle préféra se laisser tomber. Son cœur battait la chamade et elle ne parvenait pas à reprendre son souffle. Sa tête cognait. Elle se sentait partir. Elle entendait des voix, au loin. Quelqu'un parlait. Non... plusieurs personnes. Elle se rendit compte que l'on s'activait autour d'elle. Puis elle saisit quelques mots... son prénom... Elle ouvrit les yeux et les referma sans plus pouvoir soulever à nouveau ses paupières.

« *Le trou noir... Rochelle, c'est le trou noir n'est-ce pas ? Ouvre les yeux. Comment te sens-tu ? Tu es tombée ? As-tu mangé ce matin ?* » Rochelle s'efforça de fixer la figure qui lui faisait face. Elle reconnu sa professeur d'éducation physique. Elle réussit à répondre à quelques unes de ses questions et voulut se lever. La prof arrêta son mouvement. Selon ses dires Rochelle était encore trop faible pour marcher. La jeune fille se leva tout de même. Elle ne voulait pas d'avantage attirer l'attention. Elle alla se doucher afin d'éviter les demandes angoissantes de ceux qui l'entouraient. Sa prof vint vérifier qu'elle n'avait pas eu un nouveau malaise sous la douche – que la jeune fille avait pris toute habillée – et la questionna de nouveau. Rochelle eut un mouvement d'agacement et alla rejoindre ses amies. Elle n'osait pas encore se l'avouer mais elle savait que ce malaise n'était pas banal... et sa prof lui avait mis le doute. Etait-ce vrai qu'elle avait perdu beaucoup de poids en peu de temps ?

Rochelle préféra occulter cette idée. Le reste de la journée se déroula sans soucis particulier… et lorsqu'elle arriva chez elle et que sa mère la regarda droit dans les yeux, Rochelle fut prise par la peur : sa prof de sport aurait-elle eu le culot d'informer ses parents de son malaise ? Il n'en était rien. Madame ANAO voulait simplement exprimer à sa fille son incompréhension vis-à-vis de son attitude actuelle. Il lui semblait qu'elles s'éloignaient l'une de l'autre et elle le lui fit remarquer par l'intermédiaire d'un long monologue qu'elle conclut par la tranchante réplique : « *Moi j'ai toujours su affronter mes problèmes et les résoudre toute seule. Je ne vois pas pourquoi tu n'en ferais pas autant !* ».

Rochelle retenait ses larmes de plus en plus difficilement. Elle aurait aimé dire à sa mère qu'elle n'était pas comme elle, qu'elle n'avait pas reçu la même éducation, qu'elle n'avait pas le même caractère, que son tempérament était différent… Elle aurait voulu lui dire qu'elle n'était pas « *elle* ». Et si sa mère ne comprenait pas sa façon d'être, si elle n'était jamais en accord avec ses choix, si elle désapprouvait nombre de ses actes… et bien c'est parce qu'elles étaient deux et pas une seule et unique personne.

Madame ANAO avait toujours été très proche de ses enfants. Elle ne comprenait pas pourquoi Rochelle s'opposait systématiquement à elle. Elle cherchait ce qui « clochait » chez sa fille et se remettait sempiternellement en question. L'éducation qu'elle avait donnée à ses enfants était-elle inappropriée ? Elle leur avait toujours offert ce dont ils pouvaient avoir besoin, allant jusqu'à parer leurs demandes. A la naissance d'Océane elle avait même arrêté de travailler pour pouvoir continuer à donner autant d'amour à chacun de ses bambins… Et voilà que Rochelle rejetait toute son affection, qu'elle ne supportait plus rien de ce qui venait d'elle. Madame ANAO avait du mal à l'accepter. Elle aurait aimé comprendre l'attitude de sa fille, élevée au sein d'une famille pourtant aimante. Pour elle Rochelle n'avait rien à envier à ses frères et sœurs. Elle n'était pas comme eux une grande blonde aux yeux verts mais elle-aussi possédait énormément de charme. Ses yeux bleus étaient uniques au monde. Tant de choses s'y lisaient qu'elle n'avait besoin de parler pour exprimer ce qu'elle ressentait… les deux billes océan suffisaient.

Le père de Rochelle était quant à lui un père idéal, celui dont rêvent en cachette toutes les petites filles. Bien que victime d'une excessive timidité qui empoisonnait sa vie quotidienne, monsieur ANAO était avec ses enfants le plus doux des papas… un père qui savait se montrer sévère mais qui était capable de consoler lorsque les larmes se mettaient à couler. Monsieur ANAO, qui était un homme très cultivé, occupait une haute fonction dans une galerie d'art. Il avait transmis sa passion à Rochelle qui, depuis sa plus tendre enfance, l'écoutait avec une attention soutenue.

La famille de Rochelle était une famille « sans problème apparent ». Ce dont les parents de la jeune fille ne se rendaient pas compte, c'est que sans le vouloir ils étaient trop présents auprès de leurs enfants… et souvent Rochelle avait le sentiment de suffoquer au sein de ce cocon familial où elle se sentait retenue prisonnière. Elle, la poète au cœur tendre, sentait qu'elle avait besoin de plus d'indépendance. Mais elle ne voulait pas blesser ses proches et restait sans mot dire, sans jamais exprimer ce qui l'oppressait.

***

Laure et Myriam parlaient de leurs petits amis avec force éclats de rire et anecdotes cocasses. Elsa plaisantait avec elles. Elle avait largué son dernier petit copain parce qu'il la « collait » trop et qu'elle en avait assez… Elle avait voulu retrouver son « absolue liberté ». Avec des moues complices les trois filles échangeaient sur leurs expériences respectives.

Rochelle se taisait. Depuis cette catastrophique aventure d'un soir avec ce garçon qui ne l'avait pas comprise, elle n'avait plus jamais eu de petit ami. Elle n'avait rien à raconter et se forçait à rire avec ses amies pour ne pas se mettre à pleurer devant le vide de sa vie sentimentale. Ses camarades savaient tout cela et c'est pourquoi elles ne posaient pas de questions à Rochelle sur un éventuel petit copain dont elle ne leur aurait pas parlé. Seule Laure osa aborder le sujet : « *Alors Rochelle, toujours célibataire ? Il va falloir que tu t'y mettes sinon tu finiras vieille fille ! En tout cas c'est bien parti pour le devenir !* ». Elsa et Myriam plongèrent le nez dans leurs assiettes. Elles auraient voulu faire taire Laure car elles savaient que Rochelle souffrait de cette situation… Elles ne dirent mot. Rochelle n'en pensait pas moins… Après tout Laure n'avait eu qu'un seul petit ami et elle l'avait quitté au bout de deux semaines parce qu'elle était incapable de faire la moindre concession… Comment se permettait-elle de commenter sa vie affective ? Elle se retint de dire ce à quoi elle songeait. Malgré tout le mal que lui avait fait Laure, elle ne souhaitait pas la blesser. Elle tenait à elle. La perdre aurait été une nouvelle épreuve. Après tout Laure manquait juste de tact.

Rochelle ne savait pas comment expliquer à ses amies qu'elle n'avait pas besoin d'une relation amoureuse, qu'elle ne désirait qu'un peu de douceur, de grands bras pour la serrer, d'un manteau chaud dans lequel elle pourrait se camoufler pour se réchauffer, de genoux sur lesquels elle pourrait poser sa tête et dormir paisiblement… Rochelle avait besoin d'affection… et c'est pourquoi elle refusait d'envisager une relation avec un garçon. Elle aurait sans aucun doute accepté de sortir avec quelqu'un si elle avait pu avoir la certitude que son ami n'irait pas plus loin que « la main dans la main ». Mais elle savait pertinemment que les jeunes de son âge ne contentaient pas de ces simples contacts. Rochelle avait envie que l'on caresse ses cheveux, que l'on dorme à ses côtés, qu'on la serre très fort… Elle rejetait l'idée de tout acte ayant trait à la sexualité. Embrasser un garçon lui semblait une action répugnante et pour rien au monde elle ne souhaitait s'y adonner. Elle ressentait pour cela plus de dégoût qu'autre chose. Son manque d'affection ne pouvait être comblé. Elle avait la sensation d'être une toute petite fille très fragile. Une toute petite fille qu'on aurait puni et qui, seule dans sa chambre, attendait le moment où la colère de sa maman retomberait et où celle-ci, passant la tête à travers la porte, viendrait l'embrasser et la serrer dans ses bras en lui disant que malgré leur dispute elle l'aimait très fort, plus fort que tout au monde…

***

De légers points blancs tournoyaient derrière la fenêtre. De petites boules qui s'envolaient au gré du vent pour se poser au sol, formant un épais manteau. Rochelle aimait marcher sur ces chemins qu'elle empruntait habituellement, ne reconnaissant plus ce qui était avant si familier à ses yeux… Elle avait toujours adoré la neige. Cette poudre blanche exerçait sur elle un étrange pouvoir. Quand il neigeait Rochelle ne pouvait s'empêcher de sortir au risque d'attraper froid. Elle aimait toucher la neige, la porter à ses lèvres, jouer avec elle. Elle aimait entendre les rires et cris d'excitation de ses petits frère et sœur, Océane et Natanaël… La prof de philosophie interrompit sa lecture. Elle fixa Rochelle qui – toute à ses pensées – n'écoutait pas le texte. « *Je ne te sens pas aujourd'hui, Rochelle.* » La classe retint son souffle. Rochelle leva les yeux et se contenta de regarder son professeur d'un ton absent. La lecture reprit et Rochelle plongea le nez vers ses cahiers sans toutefois pouvoir s'y intéresser. Elle remarqua que ses mains étaient violettes. Elle avait beau les frotter l'une contre l'autre, elles restaient glacées. Rochelle remonta la fermeture de son manteau et rajusta son étole sur ses épaules. Annick, assise à ses côtés, lui donna une tape amicale dans le dos et murmura : « *Eh bien ma vieille ! Tu ne dois pas avoir froid avec tout ça ! On dirait un oignon tellement tu as de couches superposées sur toi !* ».

Rochelle s'efforça de garder le sourire mais l'envie n'y était pas. Elle était la seule de la classe à avoir gardé son blouson. Personne ne comprenait la raison de ce « dérèglement de température interne ». Quant aux professeurs, ils fronçaient souvent les sourcils lorsqu'ils voyaient que Rochelle n'enlevait pas son manteau. Ils prenaient cela pour une marque d'irrespect. Un jour Rochelle avait bien tenté de se vêtir « comme les autres », d'un simple pull-over. Son expérience avait rapidement coupé court : ses mains étaient si gelées qu'elle ne pouvait plus écrire.

La jeune fille songea – comme à chaque fois que le froid prenait possession d'elle – à sa salle de bain. Elle s'imaginait en train de faire couler l'eau, de l'eau tiède. Elle se voyait empoigner une bouteille de bain moussant et la vider dans la baignoire, émerveillée comme une enfant devant cette mousse qui envahissait peu à peu tout l'espace avant de déborder du bain. Elle se voyait allumer sa radio et s'imaginait entendre des voix d'enfants cubains inonder la pièce. Elle se sentait entrer jambe après jambe dans l'eau, un sourire de satisfaction se dessinant sur son visage aux traits détendus... Néanmoins ces pensées furent bientôt reliées à un souvenir moins agréable, souvenir qui datait du matin même : Rochelle avait presque achevé sa toilette matinale. Machinalement elle avait passé les doigts dans sa chevelure pour remettre quelques mèches en place... Elle avait été sidérée : sa main était pleine de cheveux ! Elle venait de s'en apercevoir et sa surprise avait été grande : ses cheveux tombaient par poignées...

***

Une épidémie de grippe s'était emparée de la famille ANAO. Tous cinq étaient couchés avec une température s'élevant à plus de trente-neuf. Sofia avait été appelée à la rescousse. Le jour elle allait travailler comme à l'accoutumée... et le soir elle se chargeait de la vaisselle, de la nourriture, du ménage... Une véritable fée du logis. Sofia aimait s'occuper de sa famille avec laquelle elle ne vivait plus. Pour satisfaire ses proches elle s'était même chargée du repassage.

Et c'est en pliant un des pantalons de Rochelle qu'elle se rendit compte que l'étiquette avait été arrachée. Cela l'étonna mais elle continua son travail. Un deuxième pantalon. Un troisième. Un tee-shirt. Tous les vêtements de Rochelle étaient exempts de taille ! Sofia avait froncé les sourcils et était allée trouver sa sœur qui lisait, assise sur son lit. Elle lui avait demandé la raison de l'absence des étiquettes. Rochelle avait rougi. Elle avait bafouillé et répliqué à son aînée que les étiquettes étaient très désagréables à sa peau fragile et qu'elles la gênaient. Puis elle avait replongé son nez dans son roman et n'avait plus osé regarder Sofia... qui était quant à elle demeurée perplexe avant de partir achever ses tâches ménagères.

Puis Rochelle s'était assise sur son lit et avait replié ses jambes sous elle. La tête sur les genoux, elle pouvait réfléchir posément. Elle s'était assuré que Sofia poursuivait son travail loin de sa chambre. Alors, fixant le calendrier accroché à la porte de sa chambre, elle avait compté. Cinquante-deux. Cela faisait cinquante-deux jours qu'elle n'avait pas eu ses règles. Autrement dit elle avait presque un mois de retard. Jamais telle chose ne s'était produite. Rochelle s'inquiétait. Même si elle était encore mineure, son désir de maternité était chose importante et elle ne comprenait pas la raison de ce long retard. Malgré son angoisse la jeune fille ne voulait pas aller voir ni sa mère, ni sa grande sœur avec qui elle parlait pourtant volontiers. Plutôt que quelqu'un de sa famille, elle avait choisi d'en discuter avec une amie. Laure saurait sans doute la renseigner.

Rochelle avait empoigné son téléphone portable et, fébrile, avait composé le numéro de son amie. Laquelle la rassura bientôt en lui rétorquant qu'elle « s'en faisait toujours pour pas grand-chose », qu'elle avait sûrement « contracté un petit virus passager »… mais elle n'avait apporté aucune réponse satisfaisante à Rochelle. C'est pourquoi la jeune fille avait choisi de téléphoner à une autre amie qui, finalement, la connaissait peut-être mieux. Myriam.

Effectivement celle-ci parut écouter attentivement ce que Rochelle lui racontait. D'un ton doux elle lui avait dit qu'elle avait remarqué sa perte de poids et que cet amaigrissement devait être la cause de son retard menstruel. Rochelle était restée pensive un instant et avait fini par rire. Elle ne voyait pas comment le fait qu'elle fasse deux ou trois kilos de moins pouvait influer sur sa vie hormonale. Myriam, gardant le même ton posé, lui avait répondu que ça n'était pas « *deux ou trois kilos* » qu'elle avait perdu mais plutôt « *sept ou huit* », ce qui l'inquiétait et dont elle voulait lui parler. Rochelle s'était penchée sur son ventre, avait soulevé sa chemise. Son corps lui avait paru déformé par de multiples bourrelets de graisse. Elle avait remercié son amie pour ses conseils et lui avait dit qu'elle avait à faire, qu'il ne fallait surtout pas qu'elle s'inquiète pour elle… que tout allait pour le mieux. Myriam avait doucement protesté mais Rochelle ne lui avait pas laissé pas le temps de finir sa phrase que déjà elle avait raccroché. « *Sept ou huit kilos* » ! C'était absurde…

***

Sa camarade de classe était couchée à terre, en proie à une crise d'épilepsie. Rochelle se leva. Elle avait récemment obtenu son Attestation de Formation aux Premiers Secours. Elle se précipita près d'elle… mais elle semblait perdue. Que faire dans pareil cas ? Sa tête bourdonnait. Elle ne différenciait plus la réalité de la fiction. Tout dansait devant ses yeux et personne, pourtant, ne semblait le remarquer. Les regards allaient et venaient entre son amie et elle. Rochelle, au bord des larmes, se contenta de caresser les cheveux de sa camarade…

L'infirmière arriva bientôt et s'occupa de la malade. Rochelle, tremblante, retourna à sa place. Comment avait-elle pu oublier ses cours de secourisme ? Elle mourait de honte. Se sentait ridicule. Tout lui revenait progressivement. Elle s'en voulait de n'avoir pas agit à temps mais elle savait qu'elle aurait été incapable de faire autrement. Elle se consola en se disant que des cinq personnes de sa classe qui étaient en possession du brevet de secourisme, elle avait été la seule à tenter quelque chose.

***

Madame ANAO tapa du poing sur la table. « *Rochelle ! Ca suffit ces idioties ! Tu manges ce que tu as dans ton assiette ! C'est du poisson, tu ne vas pas grossir avec du poisson, voyons ! Et regarde la part que je t'ai mise... On dirait que tu a quatre ans ! Alors tu ne discutes pas et tu avales tout ça avant que je ne me fâche !* » D'un air borné Rochelle leva le menton vers le visage inquiet de sa mère. La regardant fixement elle se leva de table et se dirigea vers sa chambre. Madame ANAO, impuissante, cherchait de l'aide. Elle demanda à son mari de réagir. Celui-ci monta rejoindre sa fille dans sa chambre et lui hurla de descendre finir son assiette. Rochelle, le baladeur sur les oreilles, chantait du plus fort qu'elle le pouvait et fit mine de ne rien entendre. Monsieur ANAO arracha l'appareil des oreilles de sa fille. Il l'empoigna et la força à le suivre. D'un mouvement brusque Rochelle se dégagea de cette étreinte contraignante. Le cœur battant elle dévala les escaliers. D'une main leste elle envoya valser son assiette à terre et ouvrit la porte d'entrée. Puis, sans regarder où elle allait, elle se mit à courir, courir, courir... droit devant elle... loin... toujours plus loin vers un horizon sans limites, sans règles et sans frontières... loin... toujours plus loin.

Lorsqu'elle fut certaine que ses parents ne la suivaient pas, elle cessa enfin sa course effrénée. Reprenant son souffle, elle s'assit sur une souche de bois. Elle se remémorait encore les traits de sa mère crispés par la colère. Comprendre. Elle voulait comprendre comment et pourquoi un simple régime s'était transformé en un total refus de la nourriture. Elle voulait tellement comprendre. Mais comment le pourrait-elle ? C'est alors qu'elle décida de rédiger un journal où elle écrirait en essayant de ne pas se laisser guider par sa conscience. Où elle tenterait d'être honnête avec elle-même. Lucide. Où elle tenterait d'expliquer, d'analyser certains faits de son existence, de former des analogies, de ne pas omettre ce qui lui semblait pourtant insignifiant.

***

Ses doigts pianotaient sur le clavier sans plus s'arrêter. Elle voulait écrire, écrire toute la nuit, écrire ce qui se passait en elle, écrire pour plus de compréhension. Elle dût toutefois suspendre sa lancée effrénée au bout de cinq pages... Elle n'avait pas la force d'aller plus loin. Elle n'avait plus les ressources nécessaires à cet effort.

Par curiosité, elle décida d'aller se peser.

Six kilos. Rochelle avait perdu six kilos en quelques semaines et elle ne s'en était pas rendu compte. Une lueur d'étonnement put se lire sur son visage mais la surprise laissa bientôt place à la satisfaction : elle pensa que désormais elle pourrait rentrer dans du 36 et s'acheter tout ce qu'auparavant elle n'osait pas essayer de peur d'être ridicule...

***

Essoufflée, son billet de retard à la main, Rochelle arriva en cours d'Education Physique. La professeur lui souriait d'un air convenu que la jeune fille perçu mais ne comprit pas. L'entraînant dans un coin isolé de la salle, la prof lui murmura qu'elle était fière d'elle, qu'elle avait vu qu'elle avait bien mangé le midi, au vu du nombre d'aliments sur son plateau. Elle lui fit sentir que cela l'avait réjouie de savoir qu'elle allait mieux. Rochelle baissa la tête et les larmes lui vinrent aux yeux. Elle en avait assez de mentir. Pleine de colère contre cette femme qui se mêlait de sa vie personnelle, elle se mit à crier que si elle avait pris un repas complet au déjeuner c'était justement pour donner « l'illusion » qu'elle se nourrissait convenablement.

Rochelle se détourna et s'éloigna de la prof puis, à deux pas de sortir de la salle, elle rajouta d'un ton plus posé qu'un élève qui avait beaucoup de ballons n'était pas forcément plus doué en volley… Interdite, la prof fronça les sourcils. Rochelle eut un petit rictus et chuchota : « *C'était juste une analogie, comme ça, pour vous aider à comprendre.* ». Pleine de chagrin, la jeune fille ne se rendait plus compte ni de l'impolitesse dont elle faisait preuve ni des paroles étranges qu'elle prononçait. Lentement Rochelle avait poursuivi sa destruction, refusant toujours l'aide qu'on pouvait lui proposer, les conseils, la moindre remarque. Elle sélectionnait de façon plus rigoureuse encore les aliments qui, souvent, refroidissaient dans son assiette sans qu'elle y touche. En outre un fin duvet brun avait recouvert son corps, par traîtrise, sans qu'elle s'en aperçoive.

***

Pour la énième fois madame ANAO regarda sa fille, lui faisant remarquer qu'elle flottait dans son jean « taille 36 ». Pour la énième fois elle tenta de lui faire part de ses inquiétudes concernant son poids. Pour la énième fois Rochelle lui répondit qu'elle n'avait pas maigri et qu'il n'y avait aucune raison de se préoccuper de son poids qu'elle-même trouvait « légèrement trop élevé »… Et pour la énième fois elle évita le baiser de sa mère, se déroba à ses câlins étouffants et se dépêcha de fuir cet univers qu'elle ne pouvait guère plus supporter.

Rochelle voyait orange, se sentait défaillir. Cela faisait des nuits entières qu'elle ne dormait plus et elle n'avait pris en guise de dîner qu'un seul et unique pamplemousse. Par le biais du téléphone, elle confia à Laure son épuisement physique. Celle-ci eut un petit rire et lui rétorqua qu'elle voulait « se rendre intéressante ». Rochelle n'eut pas la force de protester. Au fond elle savait que son amie avait tort de réagir de cette manière…

***

Mais si l'épuisement de Rochelle n'inquiétait nullement Laure, il n'en était pas de même pour madame MEUSNIER qui venait de la convoquer afin de lui poser un ultimatum : Rochelle devait peser cinquante-cinq kilos à la rentrée du mois de janvier sans quoi l'infirmière du lycée préviendrait ses parents. Rochelle ne parvenait plus à se contenir. Elle se sentait nerveuse et l'incompréhension qu'elle ressentait vis-à-vis de ce qui lui arrivait l'énervait. Elle ne se rendait pas compte que l'infirmière agissait pour son bien. Tout ce qu'elle voyait c'était que les efforts qu'elle faisait quotidiennement n'étaient pas récompensés… Laissant là l'infirmière elle se dirigea vers sa salle de classe.

Toute à sa colère elle ne vit pas Daure, une de ses camarades de classe, déposer discrètement une feuille sur son bureau. Lorsqu'enfin elle s'en rendit compte son agitation se tut soudainement, laissant place à la curiosité. Daure était nouvelle au lycée et elle ne lui avait encore jamais parlé. Que lui voulait-elle ? Pourquoi donc ce petit mot ? Rochelle déplia le papier et le parcourut rapidement. Elle cru comprendre qu'il s'agissait de la conférence sur le métier de pilote de l'air à laquelle elle devait se rendre avec deux autres filles de sa classe… dont Daure. Puis elle regarda plus attentivement l'écriture penchée. Quelques mots attirèrent son attention. Et elle n'en crut pas ses yeux… Comment avait-elle deviné ? Comment avait-elle compris ? Rochelle leva la tête et regarda Daure. La jeune fille, attentive au cours, fit semblant de ne pas remarquer l'attitude de Rochelle. Elle se contenta de lui faire un signe comme quoi le mot lui était bien adressé. C'est à ce moment là que la prof tourna la tête, percevant le geste de Daure... D'un coup de livre sur la table elle coupa court à toute forme de communication entre les jeunes filles.

Rochelle se jura de parler à Daure. Elle voulait savoir. Elle avait mis le doute dans son esprit. Après avoir lu son petit mot, Rochelle voulait en savoir plus. Pourquoi Daure lui avait-elle donné ces adresses ?

Peu après le cours elle était allée voir cette grande fille mince et elle lui avait posé cette simple question : « *Comment est-ce-que tu as su ?* ». Laissant Rochelle perplexe, Daure avait alors répondu : « *Pour ton anorexie ou pour la mienne ?* »...

Rochelle n'avait pas envisagé que Daure puisse être anorexique... et l'idée qu'elle-même soit touchée par ce fléau ne l'avait pas même effleurée ! Certes elle s'était pesée et avait remarqué une perte de poids. Mais cette perte de poids lui semblait réellement minime... Ce qui n'était pas l'avis de Daure : perdre sept kilos en quelques mois – et sans régime – était un signe d'alerte important. Rochelle avait donc écouté Daure énumérer les « symptômes » de l'anorexie... Baisse de la température corporelle. Perte des cheveux. Perte de poids rapide qui peut se constater lorsqu'on se met à flotter dans ses vêtements. Calcul des calories de chaque aliment ingurgité... La liste était longue. Rochelle dût bien accepter que son alimentation n'était pas tout à fait normale. Le fait qu'une personne qu'elle connaissait peu remarque son amaigrissement – alors qu'elle-même ne s'était pas rendu compte de l'importance de sa perte de poids – lui avait réellement mis la puce à l'oreille... mais elle était encore loin de se considérer comme anorexique. Ce mot lui était insupportable. Elle n'arrivait pas à le prononcer et l'entendre était déjà pour elle une rude épreuve.

***

Pourtant Rochelle devait bientôt se rendre à l'évidence. L'après-midi suivant elle jeta un rapide coup d'œil à celle qui venait de percer son jardin secret : Daure enroulait ses jambes l'une contre l'autre. La position typique des personnes souffrant d'anorexie. Rochelle baissa les yeux. Elle prit conscience que maintenant elle aussi se tenait de cette manière de façon machinale…

Le soir elle resta songeuse. La nuit elle ne parvint à trouver le sommeil. Vers minuit, alors que toute sa famille dormait à poings fermés, elle descendit dans la cuisine. Ouvrit le casier où sa mère avait l'habitude de ranger le petit-déjeuner. Empoigna le pot de pâte à tartiner. Fit pivoter le couvercle d'un geste décidé. Enfonça son doigt dans le récipient. Puisqu'elle s'empêchait de la porter à ses lèvres, elle en ferait une autre utilisation.

Rochelle ouvrit devant elle le cahier où elle rédigeait ses pensées personnelles. Puis lentement, avec son doigt plein de chocolat, elle écrivit, lettre après lettre : « *Ce soir, j'ai le dégoût de moi-même. Dégoût de cette graisse qui déborde de partout. Dégoût de mon égocentrisme. Dégoût de ma personne toute entière.* »

***

Depuis un certain temps Rochelle appréhendait le réveillon de Noël, terrible repas où foie gras, pommes sautées, oie ou dinde, chapon et légumes verts, huîtres et fruits de mer, bûches et glaces… tout se mêlait, salé et sucré, et surtout où tout était calorique. Néanmoins ce jour effroyable avait pourtant fini par arriver.

Rochelle avait suivi la préparation du dîner du début à la fin et avait même mis la main à pâte, cuisinant quelques menus plats. Et plus elle regardait la nourriture qui s'étalait devant ses yeux, plus elle se rendait compte qu'elle avait faim… sensation qu'elle croyait oubliée. Sensation ce soir retrouvée. Elle aurait voulu goûter à tout.

Elle patienta jusqu'à ce que tout le monde passe à table. Sa famille commença à parler d'elle, du poids qu'elle avait perdu depuis le mois de septembre. Il lui semblait qu'ils s'étaient tous ligués contre elle. Cherchant un peu de soutien, Rochelle regarda ses frères et sœurs. Océane et Natanaël étaient trop occupés avec leurs nouveaux jouets pour s'intéresser à la conversation. Quant aux jumeaux Sofia et Symon – ses aînés – ils piquaient du nez dans leurs assiettes, n'osant s'élever contre la toute puissante autorité maternelle.

« *Fais attention, Rochelle !* » Pour la cinquième fois, sa tante la mettait en garde contre les « problèmes de comportement alimentaire ». Avait-elle compris ce dont souffrait sa nièce ? Si elle savait le mal qu'elle lui faisait à ce moment même, elle aurait su que c'était elle qui aurait du « faire attention », faire attention à ces paroles tellement blessantes...

Il était cependant vrai que l'anorexie de Rochelle était de plus en plus visible. Elle ne faisait plus que quarante-trois kilos et le seul vêtement qui lui allait encore était une jupe en douze ans que sa petite sœur ne mettait plus... Comment aurait-elle pu cacher cette maigreur dont elle peinait à avoir elle-même conscience ? Le jour précédent, se regardant dans la glace pour se maquiller, elle s'était encore trouvé ronde.

Toutefois, comme si elle voulait démentir les affirmations de sa famille, Rochelle se servit une assiette peu remplie mais tout de même plus dense que celles qu'elle avalait d'ordinaire... ce qui fit cesser les commentaires sur son tour de taille « hors normes ». Elle avala une bouchée, puis deux. Elle trouva fort bon ce qui se trouvait dans son assiette et s'en resservit par deux fois, tout en « gardant un peu de place » pour le plat de résistance et pour le dessert. Rochelle mangea copieusement, plus que la plupart des convives. Elle sentait que son estomac était gonflé mais ne s'arrêta pas pour autant. Vint le moment des chocolats. Sa mère lui tendit une boîte composée d'assortiments variés. Rochelle loucha dessus et piocha dans la boîte tout en jouant aux cartes avec ses cousins.

Alors qu'ils décidèrent de faire une pause, Rochelle voulut prendre un dernier chocolat. Sa main heurta le carton de la boîte. Il n'y avait plus rien au fond. En moins d'un quart d'heure et quasiment à elle seule, elle avait avalé la boîte entière… Toute à la découverte ce qu'on lui avait offert, elle ne réagit pas immédiatement. Après avoir déballé ses cadeaux et les avoir examiné attentivement, elle ressentit une nouvelle fois cette faim qui l'avait prise lorsqu'elle cuisinait. Elle se dirigea vers le réfrigérateur et mangea tout ce qui s'y trouvait, sans jamais compter le nombre de calories qu'elle ingurgitait. Pour la première fois depuis le jour fatidique où elle avait décidé de perdre « quelques grammes », elle pensait pouvoir tout se permettre…

Son euphorie ne dura pas longtemps. Rochelle fut prise de violents maux de ventre et surtout, surtout, d'une culpabilité incontrôlable. Avant ce repas elle se restreignait mais n'avait jamais ressenti la faim.

***

Avec lenteur et précautions, Rochelle s'attacha les cheveux. Elle surprit son reflet dans la glace et ne put détacher les yeux de ce miroir qui lui renvoyait une image déformée de son corps. Elle se voyait un visage rond, trop rond. Résignée, elle se dévêtit. L'eau coulait dans la baignoire. De l'eau chaude, parfumée... Un large sourire se peignit sur ses lèvres. La jeune fille enjamba le rebord et plongea ses jambes squelettiques dans l'eau qui lui apporterait chaleur et bien-être. La salle de bain était le seul lieu où elle pouvait encore trouver un peu de plaisir. Cependant et comme à son habitude, avant de se laisser aller, de ne plus penser à rien... elle devait passer par l'étape obligatoire. Celle à laquelle elle s'adonnait maintenant jusqu'à cinq fois par jour. Celle qui suivait « les crises ».

Rochelle attrapa une bassine bleue. Celle que sa mère utilisait quant il y avait un malade à la maison. Son sourire avait déjà disparu. Elle ouvrit la bouche, s'enfonça deux doigts dans le fond de la gorge. Quelques secondes suffirent. Gâteaux, sodas et bonbons furent rejetés en un amalgame malodorant d'une couleur brunâtre...

Rochelle respira, soulagée. Elle se passa un peu d'eau sur le visage et se fit rendre à quatre reprises. Puis elle sortit de l'eau et se dépêcha de jeter au fond de la cuvette des toilettes cette nourriture puante, preuve de son manque de contrôle. Ensuite elle ouvrit l'armoire à pharmacie et avala sept sachets de laxatifs. Lorsqu'elle fut certaine de n'avoir rien *gardé*, elle retourna dans l'eau chaude, récompense après l'insupportable « épreuve de la crise ».

La crise. Inévitable crise. Crise produit de privations trop importantes et d'aliments caloriques forts appétissants. Comme la plupart des anorexiques Rochelle avait vraiment compris qu'elle souffrait de problèmes de comportement alimentaire lors de ses premières crises. Elle s'était jusqu'à lors habitué à ne pas avaler plus d'un pamplemousse par repas et son estomac s'était lui aussi résigné à ce régime particulier. Rochelle perdait du poids régulièrement et cela la satisfaisait. Mais Noël était arrivé avec ses grands sabots... et les inévitables chocolats et sucres d'orges qui l'accompagnaient. L'envie de sentir à nouveau le « goût » était venue la tournoyer sournoisement. Elle n'avait pu résister. Un chocolat. Deux... après tout, c'était Noël... trois. Et puis quatre. Et un nombre incalculable. Et la culpabilité. Cet effroyable sentiment. Cette impression d'être énorme. Ce besoin incontrôlable de rendre. Rochelle sentait qu'elle faisait des crises de plus en plus régulièrement. Elle savait aussi que la quantité de nourriture qu'elle absorbait augmentait à chaque fois. Elle ne maîtrisait plus du tout son alimentation. Mais elle avait fini par s'avouer qu'elle prenait un certain plaisir à subir ces insupportables crises.

L'anorexie provoque une euphorie inexplicable. Les anorexiques sont comme des « droguées ». Elles se sentent faibles, légères, loin de la réalité... si loin. Puis il arrive souvent un moment où le « processus » s'inverse. La faim s'empare de ce corps si frêle. Une faim terrible... une faim qui ne peut être comble que par les aliments les plus riches, ceux dont elles se sont privées tant de temps. Elles mangent alors en quantité énorme jusqu'à ce que leur estomac, qui ne fonctionne plus autant ni plus aussi bien qu'avant, ne crie de douleur. Le bonheur d'avoir pu ingurgiter tout ce qu'elles souhaitaient sans compter s'essouffle alors et laisse place à la culpabilité. Et il n'existe alors qu'une seule et unique solution pour parer cet accablant sentiment...

***

Rochelle jeta un regard désemparé à sa feuille. Hier encore elle connaissait son cours sur le bout des doigts… et maintenant il lui était impossible de ressortir le moindre mot. Elle ne pouvait se concentrer.

Cette nuit elle n'était pas parvenue à trouver le sommeil. Pas mêmes vingt minutes. Trop de choses la préoccupaient. Le midi elle n'avait réussi à prendre qu'une seule clémentine en guise de repas. Elle avait failli tomber dans les pommes et voyait encore trouble par moment. Alors résumer la thèse du bonheur selon Epicure était au dessus de ses forces... Une larme roula sur sa joue creuse et tomba sur la feuille, laissant une trace noire sur la copie. Daure avait senti son amie en difficulté. Elle secoua la tête et tenta de se focaliser sur son propre devoir. Rochelle inséra le sujet dans sa copie et le posa – avec pour seul écrit son nom – sur le bureau d'où la professeure de philosophie surveillait les élèves. Cette dernière la regarda et lui retint le bras. La jeune fille se dégagea et sortit prestement de la salle.

Perdue. Elle était en totale perdition. Qui était-elle ? Que faisait-elle ici ? Pourquoi ne fuyait-elle pas loin de tout « ça », de tout ce qui l'oppressait, de cette vie sans aucun sens ? Elle jeta son sac sur un dos dont on pouvait deviner chaque os et dévala les escalier sans respirer, sans entendre son cœur qui ne suivait pas la cadence infernale qu'elle s'était imposée, sans s'apercevoir qu'elle ne distinguait que des silhouettes floues et qu'elle avait si froid que son manteau d'hiver ne suffisait à la réchauffer. Elle courut la distance de deux... trois mètres et, titubant, tomba à genoux sur le sol. Elle se prit la tête entre les mains et s'effondra à terre.

La période du baccalauréat blanc avait été bien particulière pour elle. Elle n'avait pas réussi à réviser ses cours. Elle s'était contentée de jeter un rapide coup d'œil à un chapitre de son cours de philosophie. Elle était souvent arrivée dans la salle d'examen sans avoir avalé le moindre aliment, épuisée et pleine de culpabilité de n'avoir rien appris à cause de ces crises qu'elle n'arrivait plus à gérer. Pourtant, curieusement et au-delà de toutes ses espérances, elle pensait avoir réussi la plupart des épreuves. Elle avait, jusqu'à aujourd'hui et à sa plus grande fierté, réussi à achever ses devoirs. C'était pour elle une réelle victoire… Mais Rochelle sentait qu'elle ne pouvait plus continuer ainsi. Ses forces s'épuisaient.

Elle se releva péniblement et, titubante, se dirigea vers l'infirmerie. L'infirmerie… Le seul lieu jusqu'où ses jambes étaient encore capables de la porter.

***

Les mots de madame MEUSNIER résonnaient aux oreilles de Rochelle. L'infirmière avait téléphoné au médecin de sa famille sans la prévenir, elle, la première concernée. La jeune fille restait abasourdie. Les mots se mélangeaient dans sa tête. Elle ne parvenait plus à comprendre ce dont traitait la conversation. Machinalement elle inclinait la tête, comme pour acquiescer. Les phrases n'étaient pour elle que des paroles sans aucun sens, mises à la suite les unes des autres et se mélangeant en un incompréhensible conglomérat. C'est pourquoi elle réalisa avec peine l'ultime phrase prononcée par Madame MEUSNIER… Phrase qui résonna un moment dans sa tête avant qu'elle ne puisse en saisir la signification véritable : l'infirmière venait de lui annoncer qu'elle avait également téléphoné à ses parents pour les informer de son anorexie qui devenait – selon ses dires – de plus en plus préoccupante.

***

« *Rochelle, il faut vraiment qu'on parle maintenant.* » Retenant ses larmes avec difficultés la jeune fille se disait qu'elle ne pouvait plus éviter la confrontation avec sa mère. Un peu plus tard, dans sa chambre, elle eut l'impression qu'elle n'avait jamais eu à vivre un moment aussi pénible que ce dialogue où Madame ANAO lui avait avoué qu'elle était au courant de tout. Tout. Tout…

***

Cependant le fait que Madame ANAO sache ce dont souffrait sa fille et lui en parler ne changea rien à la situation. Ce jour là, comme les autres, Rochelle se précipita vers son bureau, attrapa la clef du troisième tiroir et regarda prestement ce qui s'y trouvait. Deux paquets de gâteaux « allégés ». Une pomme. Quatre tablettes de chewing-gum. Elle fixa longuement les deux paquets de gâteaux. Ils ne feraient pas l'affaire en cas de crise mais pourraient – même s'ils étaient allégés – lui permettre de se contenir… Le temps qu'elle déniche autre chose.

Néanmoins ce soir elle voulait tenir, même si cela lui semblait une épreuve insurmontable. Une pomme. De la pâte à mâcher. Du café. Tout ceci était bien mince pour la soutenir dans cette épreuve, mais il fallait qu'elle essaie. Elle était résignée. Il fallait qu'elle s'en sorte.

Rochelle engloutit sa pomme, son café. Mâcha ses chewing-gums jusqu'à ce qu'ils devinssent une pâte molle au goût écœurant. Elle avait ouvert la fenêtre et regardait loin devant elle sans penser à rien d'autre qu'à cette bouffe obsédante. Elle essayait de respirer calmement mais rien n'y faisait. Ses mains étaient crispées au rebord de la fenêtre. Crispées à en devenir rouge sang. Rochelle ne sentait plus son corps… ou plutôt elle ne ressentait qu'une seule et unique partie de son corps. Un poids. Son ventre.

***

Cela faisait maintenant trois semaines que Daure et Rochelle avaient décidé de communiquer *via Internet*. Par le biais de l'écrit elles parvenaient mieux à exprimer ce qu'elles ressentaient. De plus elles trouvaient cela plus discret que leurs « conversations de couloir ». Rochelle comptait énormément sur les messages de sa nouvelle amie, messages qui lui prouvaient qu'elle n'était pas seule. A chaque fois qu'elle allumait son ordinateur elle avait le ventre noué par la peur que Daure l'aie oublié. Alors elle fermait les yeux. Attendait une minute. Deux minutes. Et si jamais Daure ne lui avait pas écrit ? Si son ordinateur ne fonctionnait pas ? Si elle en avait eu assez de la réconforter alors qu'elle-même devait affronter semblables souffrances ?

Enfin Rochelle se décidait à ouvrir les yeux... Heureusement une fois de plus Daure lui avait répondu. Tourmentée, elle cliquait sur la touche : « *lire le message* ». Et une douceur soudaine l'envahissait. Daure la comprenait. Daure la réconfortait.

Ce soir Daure ne lui donnait pas de conseils, elle ne lui disait pas de se remuer, de lutter contre les « chaînes de son aliénation »... Ce soir elle lui offrait de l'affection, et c'était tout ce dont Rochelle avait besoin. En effet la jeune fille se sentait terriblement seule. Depuis que ses parents avaient compris ce dont elle souffrait et qu'ils lui en avaient parlé – enfin, depuis que sa mère lui en avait parlé – Rochelle rejetait toutes leurs marques de tendresse. Elle ne les supportait plus. Elle sentait qu'elle avait besoin d'une « coupure ».

La jeune fille éprouvait la terrible sensation que ses parents faisaient tout ce qui était en leur pouvoir pour l'empêcher de respirer. Elle l'avait avoué à Sofia, laquelle avait compris le mal-être de sa petite sœur. Elle qui avait longtemps vécu avec ses parents savait combien leur mère pouvait se révéler envahissante. Elle avait donc proposé à Rochelle de l'héberger le temps que les choses aillent mieux. Celle-ci avait accepté avec appréhension.

Elle se demandait comment sa mère allait réagir face à cette requête si particulière…

***

Contre toute attente madame ANAO avait déclaré à sa fille qu'il n'y avait aucun problème, qu'elle pourrait loger chez son aînée le temps qu'elle le souhaiterait. Elle lui avoua même qu'il serait bon pour toutes les deux de « faire une pause ». Ainsi Madame ANAO pourrait se détendre elle-aussi. Se reposer, passer plus de temps avec les petits. L'anorexie ne détruit pas seulement la personne qui en est atteinte… elle entraîne dans son cycle infernal tout l'entourage du malade.

Par ailleurs la seule vue de cette adolescente décharnée avait maintenant de quoi choquer.

Peu de temps auparavant Rochelle était une jeune fille qui aimait attirer le regard. A la puberté elle avait gagné de jolies formes et le regard des garçons faisait briller ses yeux. Elle avait le teint frais et les reflets de ses cheveux brillaient au soleil. Puis petit à petit son visage s'était fermé, son corps était devenu filiforme, ses cheveux avaient perdu de leur éclat, son visage n'avait plus sa lumière naturelle et sa voix chantante s'était transformée en un son rauque. Il était difficile de la reconnaître sous ces traits tirés.

C'était comme si Rochelle avait pris vingt ans en moins de six mois. Même sa façon de s'habiller en avait pâti. Les vêtements « à la mode », jeans moulants, chemises courtes et tee-shirts affriolants étaient à présent rangés au fond d'un placard. Ils étaient devenus trop grands pour la jeune fille qui les avait délaissés au profit de pull-overs à cols roulés et de joggings sans formes. Ce qui avait le don de désespérer sa mère… tout en la rassurant. Certes Madame ANAO n'aimait pas que sa fille se vêtît de la sorte mais elle préférait encore cette alternative à celle de devoir supporter la vue de hanches saillantes et d'omoplates trop évidentes…

Un jour Madame ANAO avait demandé à Rochelle si elle savait pourquoi elle refusait systématiquement toute nourriture. Cette dernière s'était mise à réfléchir. La paire d'yeux inquisiteurs qui lui faisaient face l'effrayait. Elle se sentait mal à l'aise, traquée, prise dans un piège dont elle ne pouvait s'échapper. Elle avait beau chercher dans les méandres de sa mémoire : elle ne voyait pas. Il devait s'agir d'un ensemble de circonstances, de faits difficiles mis bout-à-bout les uns aux autres… Elle ne possédait aucune véritable réponse. L'image de la femme ? La vue des mannequins de défilés de mode ? Une idée abusive de l'excellence de la minceur ? Une mauvaise image de son corps ? L'envie d'être différente ?

Y avait-il seulement une raison ?

Chapitre II

En une seconde Rochelle avait reproduit tout le chemin. Celui qui l'avait menée jusqu'ici, dans cette salle de classe où elle ne pouvait se résoudre à maintenir son attention sur un sujet qui semblait si peu lui correspondre. Elle se dit qu'un an auparavant elle n'aurait eu aucun mal à former des phrases coulantes et pleines de sens. Ses yeux se fixèrent à nouveau sur le hibou qui lui faisait face.

De ses grosses narines l'examinateur soufflait sur sa moustache. Rochelle regarda l'heure. Elle ne put retenir un mouvement de surprise. Ainsi ces souvenirs dont elle s'était crue en proie durant un laps de temps fort long ne s'étaient en fait emparés d'elle que pendant deux toutes petites minutes ! Rochelle pensa qu'elle devait faire un effort. Cette épreuve était la dernière, après elle pourrait relâcher la pression. Elle devait réussir cet ultime examen, tellement déterminant quant à l'obtention de son diplôme du baccalauréat.

Elle pria le hibou de la laisser aller chercher un verre d'eau. Le moustachu lui sourit et lui octroya quelques minutes. Rochelle sortit, s'aspergea la figure d'eau fraîche et fit son possible pour inspirer calmement.

Dans la salle d'examen, le candidat suivant écrivait à une vitesse soutenue sur sa feuille de brouillon rose saumon. Il se frottait les mains, heureux de ce temps de préparation supplémentaire qui lui était si généreusement offert.

***

« *Vous n'avez pas de nouveau message.* » L'annonce faite par l'ordinateur suffit à déclencher ses larmes. Rochelle attendit un quart d'heure devant l'écran blanc… en vain. Sa messagerie restait définitivement vide. Désespérée elle éteignit l'ordinateur et attrapa une veste avant de sortir précipitamment de chez elle. Dehors le froid demeurait lancinant. Il était tard. Mais Rochelle avait besoin d'être seule, de marcher pour « évacuer », pour éloigner toutes ces obsessions.

Elle emprunta un chemin de terre auquel elle n'avait jamais fait attention auparavant, ce qui lui fit songer au cours de littérature. Elle errait sans objectif, un peu à la manière des surréalistes sur lesquels elle travaillait. Elle aussi était en désaccord avec ce monde qu'elle ne comprenait pas et qui ne la comprenait plus. L'esprit ailleurs elle continua son chemin, seule dans la nuit noire, allant sans but précis.

Un léger frôlement la sortit de ses pensées. Un chaton gris se frottait à ses jambes. Elle se pencha sur lui et l'attrapa adroitement de sa main droite. L'animal était blessé à la patte et il avait du mal à marcher. Rochelle le caressa et lui parla doucement. Il lui semblait que cette boule de poils était, comme elle, complètement perdue. Elle décida de le ramener chez elle tout en sachant que ses parents ne l'accepteraient pas : Natanaël, son petit frère, était allergique.

Son nouveau compagnon s'endormit bientôt dans ses bras. Il ronronnait, la réchauffait. La jeune fille sentait qu'il avait besoin d'elle. Le bien-être la submergea. Elle se pensait utile. Quelqu'un avait besoin d'elle. Il fallait qu'elle garde le courage d'affronter la vie pour ce petit être qui avait confiance en elle, sommeillant dans ces bras inconnus.

Bientôt Rochelle reprit sa route, serrant le chaton contre son cœur. « *Comment vais-je te nommer ? Tu as l'air si fragile, si seul... comme moi. Toi aussi tu t'es égaré, n'est-ce pas ? Que dirais-tu si je t'appelais* Sogno *? C'est joli, non ? Tu sais, cela signifie rêve en italien. Rêve... j'ai la sensation étrange que je rêve... Tout est si... extraordinaire ce soir. Tout me paraît paisible.* Sogno. *Oui, tu t'appelleras ainsi. Dors, rêve, mon ami... la vie est tellement plus facile la nuit.* » Inlassablement Rochelle continua de son pas régulier, en harmonie avec la nuit. Les étoiles brillaient.

Un hibou chantait au loin. Une bise glacée la faisait frissonner mais le chaton ne semblait pas ressentir le froid. Rochelle s'arrêta devant un lac. Le reflet de la lune sur l'eau la fascina. Elle s'assit dans l'herbe sans prêter attention à l'humidité qui pénétrait lentement ses vêtements. Elle mira l'eau longuement, sans se lasser, toute la nuit et jusqu'au petit matin.

Alors elle sortit de ses songes et une larme roula sur sa figure gelée. La vie reprenait, le jour réapparaissait. Elle se devait de poursuivre son existence là où elle l'avait laissé. Elle n'avait pas le choix.

Rochelle retrouva son chemin tant bien que mal. Quant elle entra chez elle, faisant le moins de bruit possible, il était six heures vingt. Les marches de l'escalier grincèrent sous ses semelles mais personne dans la maison ne sembla le remarquer. Elle coucha le chaton sur son oreiller. Sogno bailla avant de s'installer à son aise, recroquevillé sur le coussin. Rochelle se dit qu'elle parlerait à sa mère le soir même. Qu'elle la convaincrait de garder l'animal. Elle ferma la porte de sa chambre à clef après avoir pris soin de laisser un bol de lait à son nouvel ami. Tout en se donnant un rapide coup de peigne sur les cheveux elle se promit de soigner le membre infecté du chaton. Puis elle sortit de chez elle et ce fut de justesse qu'elle attrapa son bus.

Les membres de la famille de Rochelle s'éveillèrent quelques minutes plus tard. Comme à l'accoutumée les deux petits n'étaient pas en avance. Madame ANAO s'activait autour d'eux. Océane avait renversé son bol de céréales sur sa robe. Natanaël ne cessait d'éternuer. La mère regarda l'heure une nouvelle fois. Huit heures trente-cinq. Les enfants étaient déjà en retard pour l'école. Elle courut dans la chambre de sa fille et vit avec désolation qu'Océane n'avait plus une seule affaire de propre. Madame ANAO soupira. Elle se dirigea vers la chambre de Rochelle. Elle songea qu'elle trouverait sûrement dans ces vêtements quelque chose qui irait à Océane. Rochelle était si menue ! Pleine de lassitude, elle se rendit compte que la porte était fermée.

A l'étage inférieur les deux petits multipliaient les bêtises. En colère, Madame ANAO donna un grand coup de pied dans le mur. Elle était à bout de nerfs. Trop accaparée par la maladie de Rochelle elle n'arrivait plus à gérer l'éducation de ses enfants. Pensive, Madame ANAO se laissa glisser le long de la porte. Un petit bruit se fit entendre. Elle n'y prêta d'abord qu'une attention réduite mais il se répéta. Une sorte de couinement. Madame ANAO tendit l'oreille. Le bruit se précisa. Un miaulement... En une fraction de seconde, elle comprit les crises d'éternuements de Natanaël : Rochelle avait ramené un chat à la maison ! Furieuse elle descendit les marches quatre à quatre en se promettant de remédier à cela.

***

Le soir venu, Rochelle se hâtait gaiement de rentrer. Sa journée n'avait pas été facile, mais la pensée de retrouver Sogno l'enchantait. Arrivée chez elle, elle jeta son sac sur le carrelage et se précipita pour insérer la clef dans la serrure de la porte de sa chambre. A sa grande stupéfaction, elle se rendit compte qu'il n'y avait plus de serrure... Elle entra en vitesse dans la pièce et appela, appela Sogno à ne plus avoir de voix. Dans sa gorge, un nœud s'était formé. Un goût amer. Le monde s'écroulait une nouvelle fois. Ce qu'elle craignait s'était bel et bien produit. Sa mère avait découvert Sogno et l'avait mis dehors...

Toute à son chagrin, Rochelle n'entendit pas la sonnerie de son portable. Elle se fit couler un bain chaud et s'endormit, exténuée, dans l'eau savonneuse.

Ce fut la voix de sa mère qui la sortit de son sommeil. « *Rochelle ! Il faut qu'on parle !* » La jeune fille hurla. Elle ne supportait plus sa mère... tellement envahissante... trop aimante. Pour ne plus l'entendre elle alluma le poste de radio de la salle de bain et haussa le volume. A côté de l'appareil se trouvait son portable. Elle jeta un coup d'œil machinal à l'écran. Elle avait reçu un message de sa sœur aînée. Elle décida de le lire malgré ses difficultés de concentration. Une courte phrase apparut devant ses yeux : « *Ne t'inquiète pas ma puce, il est à la maison.* ». Rochelle, tremblante, ne pouvait y croire... Ses doigts s'affairèrent sur les touches. Elle voulait vérifier. Deux minutes plus tard elle fut confortée dans son idée : Sofia avait bien recueilli Sogno.

***

Laure jouait avec le portable de son amie, ce qui avait le don d'agacer profondément cette dernière. Rochelle avait peur que son amie lise ses messages. Les messages de Daure. Mais Laure se contentait d'appuyer sur toutes les touches sans réellement entrer dans un menu en particulier. Quelque chose l'intriguait : la langue dans laquelle les menus s'affichaient. Elle finit par demander à Rochelle pourquoi ceux-ci étaient en italien. Rochelle sourit et répondit dans un murmure que ces noms la faisaient voyager... Laure éclata de rire, un rire en cascade qui sembla blesser son amie. Le silence s'installa.

Une adolescente squelettique passa devant elles. Rochelle ne put détacher son regard de la jeune fille. Laure lui demanda ce qui se passait. Rochelle fit un signe du menton, lui désignant la maigreur effarante de la passante. Son amie baissa les yeux et, d'un ton posé, lui fit remarquer qu'elle était bien plus mince que l'adolescente en question. La sonnerie annonçant le début des cours retentit, arrachant Rochelle à cette intrigante vision.

Mais soudainement, la jeune fille ressentit quelque chose s'emparer d'elle. Une sensation de manque. Un sentiment tellement familier maintenant... Des tremblements commençaient déjà à gagner ses doigts... A ce moment-là elle comprit qu'elle ne pourrait résister une heure entière. Alors que ses camarades rentraient en classe, elle s'éclipsa silencieusement, dédaignant les remarques et divers appels.

Puis elle courut. Vola. Courut de nouveau... et rendit.

Une fois de plus, le cycle infernal s'était reproduit. Assise sur le carrelage froid, elle se tenait la tête entre les mains. Les larmes coulaient d'elles-mêmes. Ainsi elle en était arrivée à franchir cette limite qu'elle s'était juré de respecter : elle avait séché une heure de cours pour s'adonner à l'une de ces abominables crises. Rochelle se sentait seule, définitivement seule, enfermée dans cette maladie qui la détruisait à petit feu. Elle n'osait sortir des toilettes. Elle se dégoûtait. Elle avait honte de ne pas avoir pu résister. Elle avait honte de cette odeur de vomissement qui se dégageait de ses vêtements et qu'elle était seule à pouvoir sentir. Elle avait honte du regard que les autres porteraient sur elle, regard qui n'existait que dans son imagination. Elle avait honte d'être impuissante face à cette névrose qu'elle ne parvenait pas à comprendre.

***

Rochelle et son amie attrapaient tous les vêtements qui leur plaisaient sans prêter attention à leurs prix. Des minis jupes roses fluo aux pantalons en cuir noir en passant par les chemises « baba cool » et les robes asiatiques… Les jeunes filles avaient dévalisé tous les rayons de la boutique. Elles riaient à gorge déployée sous l'œil complice de la vendeuse qui savait qu'elles ne ressortiraient pas sans un quelconque article. Les deux camarades se séparèrent un instant afin d'essayer leurs habits. Rochelle enfila une robe en soie aux motifs dorés. Elle la trouvait splendide et mourait d'envie qu'elle lui aille afin de pouvoir se l'offrir.

Elle sortit de la cabine d'essayage pour mieux s'admirer. Son amie fit à son tour un pas hors de sa cabine. La vision de Rochelle la « plia » en deux. Elle riait à en avoir les larmes aux yeux. Ne comprenant pas la raison de cette hilarité, Rochelle la regardait, hagarde. Le sourire aux lèvres elle répétait : « *Quoi ? Mais qu'est-ce qui se passe ? Pourquoi ris-tu ainsi ?* ». Reprenant péniblement son souffle, la lycéenne réussit enfin à s'expliquer. « *Tu t'es vue Rochelle ? Regarde moi cette robe ! Mais tu flottes dedans ma parole ! Elle est beaucoup trop large pour toi… On dirait que tu ne t'en aperçois même pas ! Montres moi l'étiquette, je vais aller te chercher la taille en dessous.* »

Mais l'amie de Rochelle ne parvint à cacher sa stupeur quant elle se rendit compte que la tunique était sans aucun doute la plus petite du magasin. Sans mot dire elle regarda son amie. Son visage. Ses bras. Ses poignets. Puis, baissant la tête, elle ne put retenir un sanglot en voyant ses hanches et la taille de ses mollets. Lui prenant la main comme pour la rassurer, Rochelle lui murmura doucement : « *Cette robe, c'est le vêtement qui me sied le mieux dans toute la boutique. Si je viens ici, c'est parce qu'ailleurs ils ne font pas la taille trente-deux.* »

***

Rochelle fixait sa feuille, toujours blanche après une heure et demie de devoir. Ses camarades de classe, penchés sur leurs copies respectives, grattaient sans même sembler reprendre leur souffle. Le sujet de philosophie paraissait leur plaire.

« *Un Homme sans passé peut-il être libre ?* »

Rochelle songeait à son propre passé. Pourrait-elle être libre si elle était dans l'incapacité de se rappeler son passé d'anorexique ? Mais un passé encore plus lointain n'avait-il pas joué un rôle dans le fait qu'elle soit touchée par cette pathologie ? L'élève ne souhaitait pour rien au monde disserter sur le passé. Depuis un moment déjà elle avait remarqué que son professeur la regardait. Rochelle lui jeta un regard noir et donna un brusque coup de mâchoire sur le bout de son stylo plume. Ainsi sa prof voulait qu'elle écrive… elle ne serait pas déçue ! Sur la feuille à carreaux Rochelle commença à rédiger en lettres capitales et de couleur rouge : « *Alors que je croyais pouvoir bientôt en finir, ça n'était que le commencement.* ». Elle souligna par trois fois cette phrase dont elle avait fait l'intitulé de son devoir. Elle regarda l'heure. Quinze heures trente. Il lui restait deux heures et demie. Telle ses camarades Rochelle se pencha sur sa copie et se mit à écrire. La professeure enfin rassurée détourna son regard. Elle ne pouvait pas savoir que son élève alignait les uns après les autres des mots qui, loin de traiter du sujet, exprimaient une intense souffrance intérieure.

***

Comme pour poursuivre le travail d'écriture débuté en philosophie, Rochelle, à vingt-trois heures, seule dans sa chambre, son cocon, décapuchonna sa plume et ouvrit son cahier. Très vite ses mots s'emmêlèrent sans lien logique. Si elle avait soigné son premier journal elle ne portait pas la même attention à celui-ci. Elle déversait toute sa souffrance dans ces pages, la transformant en mots. Seuls refuges, seuls réconforts lors de nuits sans sommeil, ses cahiers se remplissaient à vue d'œil. Ils sentaient bon l'encens mais c'était tout ce qu'ils contenaient d'agréable.

Découragée par ce qui s'inscrivait à une vitesse folle dans son journal, Rochelle ferma les yeux. Puis, tel un rituel, elle passa ses doigts sur ses hanches, évitant soigneusement le ventre. Ensuite elle prit son poignet gauche et l'entoura de sa main droite. Elle remonta ainsi jusqu'au coude, endroit où elle ne pouvait plus entourer son bras entre son pouce et son index. Elle laissa ses paupières lourdes de sommeil se refermer, apaisée de ne pas avoir pris un gramme dans la journée. L'odeur d'encens lui montait à la gorge et elle aimait ça. Sa tête s'alourdissait. Dans deux heures elle devrait se préparer pour aller au lycée. Mais en attendant elle comptait bien dormir un peu. La jeune fille referma son journal. Comme chaque soir, elle déposa sur la tranche du cahier deux gouttes de parfum. Elle voulait que ces pages où elle s'était confiée, où elle avait dévoilé chaque parcelle d'elle-même, soient un tant soit peu convenables.

Elle savait qu'il n'y aurait qu'elle qui lirait ces mots – du moins elle l'espérait, le contraire étant pour elle chose inimaginable – mais elle ne voulait pas pour autant que ces paroles si dures à son égard dégagent une impression nihiliste. C'est pourquoi elle continuait de parfumer son cahier, d'y coller les photographies des lieux qu'elle aimait... Peut-être que plus tard, lorsqu'elle serait sortie de l'anorexie, elle relirait ce journal. Peut-être qu'elle le prêterait à ses proches, pour leur faire comprendre ce qu'elle avait vécu en cette année si douloureuse… Peut-être.

***

Avec une lueur d'inquiétude dans les yeux Rochelle alla voir ce qui était en train de mijoter dans les casseroles de sa mère. Elle souleva le premier couvercle. Un sourire se dessina sur ses lèvres : haricots verts. Elle aimait quand elle n'aimait pas les aliments… C'était moins dur de résister. Depuis sa plus tendre enfance Rochelle détestait les haricots verts. Elle s'était mise à les apprécier au moment où elle avait appris qu'ils ne contenaient que vingt-trois calories pour cent grammes.

Puis elle avait déclaré que vingt-trois calories étaient déjà beaucoup et qu'elle ne voyait pas pourquoi elle se forcerait à ingurgiter ce dont le goût lui était désagréable. Ainsi les épinards (vingt-six calories aux cent grammes), les œufs (soixante dix-sept calories aux cent grammes), les yaourts aux fruits (cent quinze calories aux cent grammes), les aubergines (dix-huit calories aux cent grammes), les carottes (trente et unes calories aux cent grammes)… avaient été rayées de son alimentation. Finalement Rochelle n'acceptait plus de se nourrir que de concombres, d'endives et de radis… aliments qui contenaient chacun moins de dix-sept calories aux cent grammes. Sa vie entière était devenue un gigantesque calcul. Jamais la jeune fille n'avait été aussi rapide et précise en calcul mental… et jamais elle n'avait connu pareil épuisement.

***

Les repas à la maison étaient devenus un véritable calvaire. Océane refusait de manger avec sa sœur, Natanaël ne comprenait pas pourquoi il était obligé d'avaler tout ce qu'il y avait dans son assiette puisque Rochelle pouvait disposer des aliments à sa guise et Monsieur ANAO prenait le parti de se taire… Quant à Madame ANAO, elle avait depuis longtemps renoncé à l'idée d'une quelconque entente culinaire avec Rochelle. Elle avait essayé tous les moyens : la gentillesse, les menaces, l'augmentation des rations, leur réduction, la distraction… Rien n'y faisait. Rochelle s'était murée dans sa maladie et n'acceptait plus aucune remarque en ce qui concernait la nourriture. Parfois elle ne se sustentait plus pendant deux – voire trois ou quatre – jours. Son état de santé empirait et elle s'en rendait compte, ce qui ne semblait pourtant pas la faire réagir. Elle s'endormait en cours et ne tenait pas plus de cinq heures sans faire un malaise ou ressentir des vertiges… Ses amies, habituées à la voir dans cet état permanent de faiblesse, n'y prêtaient guère plus attention. Seule Daure paraissait catastrophée. Elle sentait sa camarade tomber, tomber toujours plus bas. Son refus de consulter un médecin la paniquait car elle ne pensait pas que Rochelle était capable de guérir toute seule, son poids étant beaucoup trop faible et ses obsessions de plus en plus inquiétantes. Elle en avait parlé à Rochelle mais la jeune fille refusait d'entendre, niant la vérité… un peu à la façon son père.

Un jour où Rochelle avait essayé de lui expliquer son anorexie il lui avait décrété : « *Ce n'est pas une maladie ! C'est dans ta tête !* » Rochelle lui avait hurlé qu'il ne comprenait rien… Il venait de la blesser au plus profond d'elle-même. Ses mots, lancés sans réflexion, avaient laissé une vive plaie dans le cœur de la jeune fille. Rochelle pouvait comprendre que ses parents étaient malheureux de ne pas savoir ce qui lui arrivait… mais elle ne supportait pas leurs remarques si douloureuses et difficiles à accepter.

***

Ce jour-là Rochelle avait les yeux rouges d'avoir trop pleuré. Sa mère s'agitait devant elle avec force gestes : « *Rochelle tu n'es plus une gamine enfin ! Je te croyais responsable ! Te laisser entraîner dans… dans cette… dans cette… Ah ! Tu me déçois beaucoup ma petite fille. Mais qu'est-ce que tu veux à la fin ? Gâcher ta scolarité ? Te retrouver dans une chaise roulante à l'âge de trente ans ? Tu ne sens pas que ta vie est en grand danger ?* ». Rochelle avait réprimé un sanglot. D'une toute petite voix elle avait soufflé : « *Je m'en fous.* ». Madame ANAO s'était agenouillée devant sa fille, comme pour la prier de guérir. Mais les mots qu'elle avait prononcés firent plus de mal à Rochelle que tout ce qu'elle avait entendu précédemment. Une phrase, une seule, fit redoubler ses sanglots : « *Ma chérie, qu'ai-je donc raté dans ton éducation ?* ». C'était le moment que Rochelle avait toujours redouté. Elle seule s'était fourrée dans ce pétrin, elle ne voulait pas que les autres en pâtissent. Et voilà que sa mère se mettait à culpabiliser à son tour... A culpabiliser par sa faute.

***

Le crayon vola et atterrit – par chance – aux pieds de Daure. Rochelle n'arrivait plus à contenir son énervement. Depuis une heure elle sentait qu'une crise était sur le point d'éclore. Et celle-ci semblait approcher à grands pas... Que ferait-elle quand elle ne pourrait plus tenir ? Demanderait-elle l'autorisation de sortir de cours ? S'enfuirait-elle sans la moindre explication quant à son étrange comportement ? Parviendrait-elle à patienter jusqu'à la sonnerie de fin de cours ? Daure sentait le mal être de son amie, le comprenait. Elle se pencha sur son sac et lui tendit une pomme. Rochelle loucha dessus et la dévora en moins d'une minute. Elle aurait aimé pouvoir la manger calmement... et discrètement. Elle savait que le prof l'avait aperçue mais elle n'en avait cure. Son envie de manger dominait sa raison. Toutefois elle s'était juré qu'elle tiendrait jusqu'à la fin de l'heure... Regardant l'horloge, elle vit qu'il lui restait sept minutes de cours. Prise de panique elle chercha de l'aide dans le regard de Daure. Elle se rappela alors qu'elle avait fait le plein de chewing-gums – sans sucre ! – en prévision d'une nouvelle crise. Elle se dépêcha de les déballer et de les enfourner dans son gosier affamé. Tout le paquet y passa. Déjà, quelques regards se tournaient vers elle. Les coups de coude se multipliaient. Mais personne n'osa en rire. Rochelle le sentit et, même si elle n'aimait pas qu'on prenne « pitié » d'elle, qu'on la regarde comme un animal, elle reconnut que les gens de sa classe faisaient preuve d'un peu plus d'intelligence que le commun des mortels auquel elle se trouvait régulièrement confrontée.

L'heure de la délivrance sonna enfin. La jeune fille n'attendit pas que le prof finisse sa phrase, elle jeta ses affaires en vrac dans son sac. Avant même que ses camarades ne commencent à ramasser leurs cahiers, crayons et livres... elle était déjà loin...

sur la route du supermarché le plus proche… sur cette route qui la mènerait au paradis… paradis. Paradis avant l'enfer. Rituel. Vingt euros dépensés pour les produits les plus caloriques du rayon. Gâteaux (au chocolat de préférence). Une file d'attente insurmontable. Le passage obligé devant la caissière. Les regards tournés vers cette jeune fille décharnée qui achetait tant de biscuits. Les interrogations et les remarques déplacées quant on s'apercevait qu'elle payait des boîtes déjà vides. La course aux toilettes publiques. La délivrance une fois seule dans ce réduit, loin du monde, loin des coups répétés sur la porte et de la concierge qui s'inquiétait, alertée par une « dame » qu'une jeune fille était enfermée « là-dedans » depuis une demi heure maintenant. Et la fin de la crise approchant, l'amertume. Le dernier biscuit avalé, un mal de ventre poignant. La peur. Sans perdre de temps, à nouveau les vomissements. Il ne fallait surtout pas avoir le temps de digérer le moindre aliment. Deux doigts dans la bouche, une gorgée de boisson gazeuse ou d'eau sucrée quand ça ne venait pas tout seul. Cette même action répétée une fois, deux fois, vingt fois. La concierge qui continuait de s'activer, à l'extérieur : « *Ca va pas mamoiselle ? Z'êtes malade ?* ». Pause. Doutes. Culpabilité. Mal être. Nouveaux vomissements. Puis brusque retour à la réalité. Prise de conscience. D'une voix tremblante, réponse à la concierge qui demande si elle doit aller chercher des tournevis pour dévisser la serrure. Sortie hors du réduit, après avoir pris soin de dissimuler les « cadavres » des boîtes de gâteaux dans son sac de cours. Un coup d'eau fraîche sur le visage. Un regard à ce corps qu'elle ne supporte plus. Une main dans les cheveux. Une larme vite séchée sur la joue droite, toujours la même. Pas un mot. Sortie du supermarché. Soulagement. La crise est passée. Il n'y en aura pas d'autre avant… avant combien de temps ? Une semaine ? Cinq jours ? Deux heures ? Une brise fraîche sur le visage. Les lèvres sèches. Un dégoût d'elle-même. Son orgueil de vouloir guérir seule – de penser pouvoir guérir seule – parti en fumée en même temps qu'elle rendait tous ces gâteaux, là-bas, seule dans ses toilettes, en proie à une indéfinissable aliénation. Pas de regrets. Elle n'aurait pas pu « tenir » de toute façon. Telle une toxico sans sa dose.

***

La petite Nelly tenait la main de sa maman, une sucette dans la bouche : « *Nous on va aller en Corse mais mon papa à moi il est en Ecorse.* ». Sa mère lui donna une tape sur l'épaule pour la faire taire et prit un air affligé avant d'expliquer que son mari avait été dans l'obligation de se rendre en Ecosse pour son travail et que par conséquent il ne pourrait pas se rendre avec elles sur l'île de Beauté, voyage qu'elles attendaient depuis « tellement longtemps ». Madame ANAO sourit à sa fille et dit que pour sa part elle allait très prochainement passer un agréable moment dans les Alpes en compagnie de ses trois plus jeunes enfants et de son mari… Ce à quoi l'autre femme répondit du tac-au-tac, comme si elle avait préparé sa phrase par avance : « *Ah ! Comme vous avez de la chance d'avoir une famille si unie ! Vous au moins vous ne devez pas connaître de soucis de ce côté-là !* ». Madame ANAO approuva, caressant les cheveux de Rochelle comme si elle était une toute petite fille. L'adolescente sourit hypocritement aux deux femmes. A son goût leur conversation était fort futile. Elle se dégagea de l'étreinte de sa mère, s'excusa et prétexta une course pour le lycée. Elle en avait assez de devoir toujours mentir, dire aux gens que tout allait bien alors que tous savaient pertinemment que cela était faux.

***

Rochelle regarda le menu avec appréhension. Elle avait remarqué les mines réjouies de ses camarades de classe et redoutait un plat calorique. Ce qu'elle craignait n'était rien à côté de ce que lui révéla la feuille :

Friand au fromage
Hamburger & frites maison
Sunday caramel

Son menton se mit à trembler. Elle s'était juré qu'elle ne ferait pas de crise aujourd'hui. Elle frotta ses mains gelées l'une contre l'autre et entra dans le self. Elle surprit le visage inquiet de

Daure et ne put se retenir de détourner son regard. Quand ce fut à son tour de se servir, elle demanda d'une petite voix s'il restait des pamplemousses. La cuisinière, une brave femme un peu forte, lui adressa un large sourire avant de lui murmurer : « *Je savais que vous me demanderiez un pamplemousse... Je vous en ai gardé un dans la chambre froide ! Attendez, je vais le chercher, je ne serai pas longue.* ». Ces mots surprirent Rochelle. Elle ne s'était pas douté un seul instant que quiconque avait remarqué ses « manies ». Le pamplemousse sur son plateau, elle passa devant les assiettes pleines de frites en n'y voyant qu'un effroyable tas de graisse. Parvenue devant les desserts, elle hésita. Prendrait-elle une pomme ? Finalement elle décida qu'elle avait déjà assez de poids à perdre sans « s'encombrer l'estomac de calories inutiles ». Elle finit même par jeter son pamplemousse sans y avoir touché... elle qui avait auparavant horreur de gaspiller la nourriture.

Une heure durant Rochelle se sentit pleine d'énergie. Elle acheva ses devoirs, fit une longue marche avec Myriam et parvint même à tenir une discussion « philosophique » avec elle. Elle se sentait bien. Fière de son effort. Euphorique. Légère. Pleine de vitalité... Mais ce trop plein de dynamisme ne devait pas durer. L'heure qui suivit cet heureux moment fut catastrophique.

Rochelle était dans l'incapacité physique de tenir debout. Sa tête cognait. Son cœur battait fort, très fort. Elle haletait. Elle voyait de multiples points lumineux. Elle ne comprenait pas le sens de ce qu'on lui disait. Elle ne pouvait pas réfléchir, raisonner. Elle s'en voulait de manquer de ressources. Le devoir de philosophie qui l'attendait dans moins de trente minutes la préoccupait. A la vue de son état, comment pourrait-elle se rappeler les thèses des philosophes ? Daure lui conseilla d'aller se reposer à l'infirmerie. A cette phrase Rochelle réagit. Elle ne voulait pas se rendre là-bas. Elle ne voulait pas que madame MEUSNIER lui prouve qu'elle avait raison, que son état était réellement alarmant. Elle voulait simplement qu'on lui fiche la paix, qu'on la laisse dormir... seule dans son malheur.

Finalement la jeune fille décida de se rendre en philosophie. Elle souhaitait rester une élève « comme les autres ». Elle redoutait d'éveiller les soupçons. Le surveillant distribua les sujets. Rochelle tenta de se concentrer. De lire les énoncés. Les deux premières questions n'éveillaient rien en elle, les deux suivantes lui semblaient très lointaines dans son esprit, les deux dernières lui parurent cependant plus aisées. Mais lorsqu'elle voulut écrire, le peu de connaissances qu'elle avait conservé s'effaça… laissant place à un vide angoissant. Rochelle posa son crayon, laissa un instant vagabonder ses pensées, le temps de se calmer. Elle ne vit pas l'heure tourner. Quant enfin elle put rejoindre la réalité, elle s'aperçut avec effarement que la pendule inscrivait quinze heures quarante. La sonnerie du lycée était réglée à quinze heures cinquante-cinq. Elle n'avait toujours rien écrit. Elle se dépêcha d'inscrire ce qu'elle pouvait, s'embrouillant, mélangeant thèses et philosophes, repères et notions… Pour elle « l'impératif hypothétique » et « l'impératif catégorique » étaient sensiblement les mêmes, la « mauvaise foi » de Sartre complètement absurde, l'hypothèse du divertissement de Pascal vraiment superficielle et la différence entre désirs et besoins loin de ses actuelles préoccupations… Rochelle inscrivit son nom en haut de la copie, déchira sa feuille de brouillon et rangea lentement ses affaires. Elle se dirigea vers le bureau et rendit sa feuille *presque* blanche.

Le professeur rendit les devoirs une semaine plus tard. Contre toute attente Rochelle obtint neuf sur vingt. Un sourire fendit ses lèvres lorsqu'elle reçut sa copie. Le professeur fronça les sourcils et haussa le ton : « *Je trouve que tu te contentes de bien peu, Rochelle. Ton devoir est si confus… Je ne sais même pas si tu mérites neuf !* ». Rochelle lui rétorqua qu'alors il ne fallait pas lui mettre cette note, si elle ne la méritait pas. Le professeur haussa les épaules et poursuivit la distribution des copies.

La fin des cours sonna. Rochelle décida de ne pas prendre son bus tout de suite afin de rester un peu avec Daure, laquelle venait de lui proposer une pomme toute rouge (pomme empoisonnée, comme dans *Blanche Neige* ?). D'un même mouvement les deux adolescentes croquèrent dans leurs fruits. A l'unisson elles dégustèrent ce festin de roi. Peu de calories, un goût inimitable et l'avantage de remplir l'estomac. Puis Daure éclata de rire. Elle fut bientôt imitée par son amie : un garçon venait de passer dans la cour du lycée, un hamburger dégoulinant de sauce tomate à la main. Il fixa les jeunes filles et leur fit comprendre son mécontentement d'un signe grossier, ce qui fit redoubler les rires des lycéennes. Ces moments-là elles les savouraient. Pouvoir manger sans culpabiliser et sans être obligée de se faire vomir était pour elle une incommensurable source de joie... Manquait juste un petit café pour finir de les combler. Le café, qu'elles buvaient par litres, était le seul remède à leur fatigue actuelle.

***

Rochelle comprit qu'elle ne pourrait pas tenir jusqu'à dix-huit heures. Elle décida de rentrer chez elle à la fin du cours de littérature. Ses parents prendraient sûrement le fait qu'elle n'aille pas au lycée pour de la mauvaise volonté. Ils mettraient sans doute cela sur le compte d'une « crise d'adolescence »... De toute manière Rochelle était épuisée, elle n'avait pas le choix. Elle lutta contre le sommeil tout le temps que dura le trajet du bus et fit un dernier effort pour marcher jusqu'à chez elle.

Sans saluer sa mère, sans la moindre explication pour sa présence à la maison, elle monta l'escalier et alla directement se coucher. Mais elle ne parvint pas à trouver le sommeil. Elle était trop préoccupée.

Elle attendit dix-sept heures que sa mère aille chercher les petits à l'école et descendit en trombe dans la cuisine. Elle prit tout ce qu'elle trouva, des biscuits aux pots de pâte à tartiner en passant par les sodas. Et elle courut s'enfermer dans la salle de bains...

Une demi-heure passa. La crise s'acheva.

Vint pour Rochelle le temps de faire disparaître tout ce qui se rapportait à ce moment si difficile et pourtant si habituel... Elle dissimula la boîte de laxatifs vide sous d'autres ordures, tout au fond de la poubelle. La « notice » en main, elle lut qu'il ne fallait en aucun cas avaler plus de deux sachets par jour. La boîte contenait vingt sachets. Rochelle l'avait ingurgité en une seule et même journée. Elle avait dans la bouche un goût infâme de poudre à l'orange qui lui donnait la nausée. La jeune fille avait beau boire de longues gorgées d'eau fraîche, elle avait l'impression que cette sensation désagréable ne s'en irait jamais. Elle finit par songer aux vomissements provoqués, qui étaient selon elle encore plus difficiles à supporter que la prise de vingt sachets de laxatifs. Elle chassa avec dégoût le souvenir lancinant de la fois où elle n'avait pas réussi à se faire « bien vomir »… Une culpabilité puissante l'avait envahie, si bien qu'elle avait été dans l'obligation de faire une deuxième crise afin de pouvoir mieux rendre. La nourriture était alors « remontée » sans soucis, allant même jusqu'à s'échapper par le nez. Rochelle se rassura : aujourd'hui – malgré une crise importante – elle avait rendu. Et, pour plus de sécurité, elle avait même avalé les « vingt sachets ».

Mais une douleur sournoise la prit de cours. Une souffrance physique qui la paralysa un court instant. Une douleur qui la fit se plier en deux. Rochelle avait ingurgité une dose de laxatifs trop importante. Ceux-ci étaient prescrits à raison d'un sachet par jour… La jeune fille réussit à se traîner jusqu'à son lit pour s'allonger. Son corps meurtri lui criait ses maux.

Rochelle fut souffrante deux jours de suite, alternant périodes de « mieux » et de « moins bien ». Durant la semaine qui suivit elle fut dans l'obligation de supporter des gaz malodorants et douloureux. Elle se jura de diminuer la dose de laxatifs, la prochaine fois qu'elle devrait y avoir recours...

***

Sept et demi sur vingt. Rochelle regardait sa copie. Cette carte de géographie, elle l'avait travaillé deux heures durant. Elle pensait avoir réussi. Laure lui fit passer un message sur un morceau de papier : « *Ne t'en fais pas, ce n'est qu'une note !* ».

Rochelle froissa la feuille dans sa main. Oui, ce n'était qu'une note. Mais cette semaine c'était la cinquième qu'elle recevait qui était au-dessous de la moyenne. Son bulletin du dernier trimestre avait pourtant été excellent…

Rochelle avait beaucoup lu sur l'anorexie. Elle savait que les jeunes filles qui en souffraient avaient souvent des possibilités scolaires supérieures à la moyenne. Ce que les livres ne précisaient pas c'était que l'anorexie pouvait également provoquer des troubles de la concentration, que les anorexiques étaient obnubilées par des pensées qui les empêchaient de réfléchir à autre chose qu'à leur névrose. Ces jeunes filles – incollables en diététique – décrochaient alors de leurs études, malgré tous les efforts qu'elles fournissaient. Comment parvenir à disserter sur Platon ou Margaret Thatcher quant ses seuls centres d'intérêts se trouvent être les repas passés (sources d'une intense culpabilité), les repas présents (très angoissants) et les repas futurs (programmés selon la stricte règle des calories) ?

Rochelle, au commencement de sa maladie, s'intéressait à tout. Aux arts surtout. A la culture. Elle multipliait les visites, les expositions. Elle avait aussi dévoré un nombre considérable d'ouvrages. Deux auteurs retenaient plus particulièrement son attention : Camus, par sa façon si particulière de jouer avec les mots et Breton, par son intrigante personnalité… Mais à ce stade de la maladie, concentrer ses pensées sur le Docteur Rieux – qui faisait tout ce qu'il pouvait afin de lutter contre la peste qui faisait rage à Oran, dans un roman de Camus – ou sur le surréalisme des monuments de la ville de Paris – si bien décrits par Breton – était pour elle « mission impossible ».

***

Rochelle avait la désagréable sensation qu'elle se regardait un peu trop souvent le nombril, oubliant son entourage. Chaque parole semblait lui être adressée personnellement comme une moquerie, comme une pique offensante. Elle trouvait dans chaque mot une référence à son anorexie et il lui arrivait de très mal le prendre. Mais elle se taisait. Préférait partir pour ne pas se heurter à cette cruelle incompréhension. Egocentrisme. Mot terrible. Rochelle savait qu'elle était souvent égocentrique... ce qui était pour elle difficile à supporter. Très difficile. Trop difficile...

Assise sur une chaise bancale, Rochelle ne parvenait à écouter sa professeure. Les yeux mi-clos, elle cherchait à se rappeler. Se rappeler de ces vacances où elle n'avait pas réussi, une fois de plus, à mettre sa maladie entre parenthèses. De ces vacances où elle n'eut l'impression de prendre une grande rasade d'air frais qu'à un seul et unique instant. Sur la route qui les menait vers leur lieu de villégiature... La tête de Natanaël battait régulièrement contre la fenêtre du train. Madame ANAO serrait contre elle la petite Océane et toutes deux dormaient à poings fermés. Même Monsieur ANAO somnolait. Seule éveillée de la famille, Rochelle observait un homme à l'allure « mille neuf cent ». Il lui faisait penser à un passager d'un paquebot dont elle avait vu l'illustration dans un roman historique. L'homme regardait par la fenêtre. A un paysage plat et verdoyant avaient succédé des montagnes aux sommets neigeux : les Alpes. Monsieur ANAO en parlait souvent à la maison mais c'était la première fois que Rochelle les voyait de ses propres yeux. Elle ne connaissait les montagnes que par les paroles de son père et les documents auxquels elle avait pu s'intéresser. Découvrir ces géants verts était pour elle une grande joie... Joie qui l'aidait même à surmonter la difficulté d'une semaine en tête-à-tête avec sa famille, d'une semaine où il lui serait impossible de faire des crises sans éveiller l'attention, dans ce petit chalet réduit où ils passeraient leurs vacances... L'homme en vêtements « mille neuf cent » s'était tourné vers elle. Voyant que Rochelle l'observait il dodelina doucement de la tête comme pour la saluer. La jeune fille répondit d'un signe du menton. Cet homme, elle ne savait pourquoi, faisait remonter la nature humaine dans son estime...

Bientôt la voix sourde de sa prof la ramena en salle de cours. Celle-ci conversait avec force gestes sur le thème de l'inconscient. « *Il faut distinguer les névroses des psychoses. Ces dernières, comme la paranoïa, la schizophrénie ou encore la mélancolie, sont incurables... au contraire des premières, parmi lesquelles nous comptons les phobies, les névroses obsessionnelles et l'hystérie. Nous allons centrer notre étude sur les personnes hystériques, à l'exemple des anorexiques, qui traduisent corporellement des troubles psychiques.* » Rochelle baissa les yeux. Cette fois ce n'était plus de l'égocentrisme : la prof parlait bien de ce dont elle était atteinte. La jeune fille se sentait très mal. Il lui semblait que tous les regards s'étaient tournés vers elle. Elle étouffait, voulait sortir de la salle mais n'osait pas, de peur d'attirer les regards de façon encore plus appuyée. La professeure continuait son cours sans s'apercevoir du mal qu'elle causait : « *Pour Freud les névroses hystériques sont causées par le fait que l'adulte soit resté au stade oral, c'est à dire aux plaisirs de la bouche... Stade par lequel nous sommes pourtant tous passés étant enfants.* »…

Comme si le cours de philosophie ne suffisait pas, le calvaire continua en histoire. La période étudiée était celle de la crise qui avait suivi la seconde guerre mondiale... Le prof multipliait des analogies dont il ne se rendait pas compte. « *Il est impossible de comprendre les causes complexes des crises, c'est pourquoi celles-ci durent...* » Rochelle n'écoutait plus. Dans chaque mot prononcé elle percevait une menace. Elle ne saisissait plus le véritable sens des phrases. Elle copiait sur sa voisine mais ce que sa plume écrivait, elle ne le comprenait pas. Elle savait qu'elle ne pourrait se concentrer, malgré tous les efforts du monde. Elle savait qu'elle échouerait au prochain devoir, comme aux précédents. Elle avait si peur de ne pas avoir son bac. Tous les efforts qu'elle fournissait depuis le début de sa scolarité avaient été anéantis par la maladie... Que deviendrait-elle ? Quel serait son futur ? Aurait-elle droit à un avenir serein ? Etait-ce encore possible à ce stade de la névrose ?

***

Rochelle se leva brusquement. Elle se mit à hurler qu'elle en avait assez d'entendre des jérémiades à longueur de temps. Laure et Myriam ne cessaient de geindre, de se plaindre… Elles se lamentaient, pestant après « cette fatigue si pénible ». Ses amies ne pouvaient pas comprendre ce qu'était une véritable fatigue. Une fatigue de tout le corps. Une fatigue de l'esprit. Une fatigue extrême et constante. Cela durait depuis des mois. Rochelle ne dormait guère plus de quatre heures par nuit. Elle se savait à bout de forces. La fatigue physique due au rejet permanent de nourriture s'ajoutait à la fatigue psychique occasionnée par d'omniprésentes obsessions. Rochelle sentait qu'elle ne tiendrait pas longtemps à ce rythme...

Préférant s'isoler, la jeune fille se dirigea vers le Centre de Documentation. Elle pensait travailler sur un dossier qu'elle devait bientôt rendre. Mais elle se sentait nerveuse, incapable de rédiger son texte. Elle tournait en rond dans le centre de documentation sans jamais réussir à s'intéresser aux documents que lui présentaient les bibliothécaires. Elle porta ses doigts à sa bouche, se les mordant jusqu'au sang. Regarda sa montre : quatorze heure sept. Elle sortit prendre l'air quelques minutes puis rentra de nouveau dans le CDI. Attrapa un livre sur un rayon sans regarder de quoi il traitait. L'ouvrit. Le referma. Le rangea. Le reprit. Daure s'était aperçue de son petit manège. Elle lui fit un signe discret, l'invitant à sortir. Une fois dehors Rochelle s'effondra. « *Tu ne tiens plus n'est-ce pas ? Tu es à bout, je le sens. Tu es si faible en ce moment...* »

Une fois de plus Daure comprenait. Elle était sûrement la seule. Elle lui proposa de faire un tour avec elle, lui parla, la rassura, la calma. Daure vivait la même pathologie qu'elle mais elle était suivie par un psychologue et un nutritionniste, ce que Rochelle refusait obstinément. Alors Rochelle se confiait à son amie, des larmes plein la vue, le cœur battant à tout rompre... Si elle était encore en vie c'était pour l'amour de ses parents. Elle savait qu'ils ne survivraient pas à sa mort. Ils l'aimaient trop pour ça. Ils avaient déjà vécu tant d'épreuves... Elle s'en voulait de leur faire subir sa maladie. L'espace d'un instant Rochelle songea que peut-être elle se trompait. Que la vie de ses parents serait sans nul doute plus facile sans elle...

Daure la regardait sans rien dire. Puis elle lui prit la main et chuchota : « *L'espoir. Tu as un avenir, ne l'oublie jamais. Tu ne vivras pas éternellement avec cette foutue maladie. Tu t'en sortiras et tu auras une vie magnifique, je te le promets. Tu auras de beaux enfants pleins de santé et un mari qui t'aimera. Tu exerceras le métier de ton choix et tu feras le tour du monde en avion, comme tu m'en parlais avant... Tu vivras à fond, tu réaliseras tous tes rêves et tu mourras de vieillesse, après avoir vécu longtemps, très longtemps. Tu peux avoir tout ça si tu le désires réellement, Rochelle. Mais il ne faut pas lâcher maintenant. Il faut que tu luttes. Cela ne sera pas facile tous les jours, je le sais, je le vis aussi. Mais si tu sors de l'anorexie tu seras plus forte. Il faut tu la combattes, cette maladie empoisonnante. Il ne faut pas qu'elle te détruise. Surtout pas... Tu sais ce qui me fait vivre Rochelle ? L'espoir. L'espoir... et l'idée que je te soutiens, que je ne peux te laisser seule avec cette maladie à la con. A deux nous sommes plus fortes. Nous nous en sortirons, je te le jure... mais ne me laisse pas seule.* ». Les mots de Daure sortirent Rochelle de la torpeur dans laquelle elle se trouvait. Elle se jeta dans les bras de son amie en lui promettant de lutter pour elle.

***

Paula rejeta ses longs cheveux en arrière. Elle avait été invitée aux dix-huit ans d'une de leurs amies communes. Pour l'occasion elle avait décidé de s'acheter une longue robe noire. Rochelle la regardait. Elle l'enviait. Paula avait tout pour plaire. Elle était belle, mince, intelligente et tout le monde l'appréciait pour son sens de l'humour. Ce soir-là Rochelle n'était pas invitée à la soirée. Depuis qu'elle était anorexique elle sortait moins souvent et ses amis avaient parfois du mal à le comprendre. La copine qui fêtait ses dix-huit ans avait dû penser, comme nombre d'autres, que Rochelle avait changé et qu'elle ne souhaitait plus la voir… Cette amie-là s'en était tenue aux apparences, sans tenter d'aller chercher d'autres explications. Rochelle en souffrait mais au fond elle se disait qu'elle n'aurait pu se rendre à cette soirée sans éviter les habituels commentaires et sans devoir redoubler d'attention vis-à-vis des chips ou des petits fours du buffet. Elle finissait toujours par se convaincre qu'il valait mieux qu'elle reste cloîtrée à son domicile, pour ses proches aussi bien que pour elle-même.

Néanmoins Paula n'avait pu se retenir de convier Rochelle à cette soirée. Rochelle avait d'abord eu un mouvement de recul, une grimace d'épouvante... Puis elle avait accepté. Elle ne voulait pas que sa maladie l'empêche de faire ce dont elle avait envie malgré tout. Et puis cela faisait si longtemps...

Deux heures plus tard les jeunes filles conversaient au milieu de leurs amis... et des amis de leurs amis. Rochelle ne pouvait détacher son regard du sourire charmeur qui lui faisait face. Des dents blanches, des yeux en amande, des mains envoûtantes... Elle se dit qu'elle avait eu raison d'accepter cette invitation. Sortir lui donnait du baume au cœur. Ses amies riaient autour d'elle, la musique battait son plein et Rochelle était comme dans un autre monde. Elle sortit hors de la pièce, certaine que le jeune homme la suivrait. Lentement et discrètement, il se leva effectivement de son siège pour la rejoindre. Depuis le début de la soirée une complicité bon enfant s'était installée entre eux. Ils avaient de nombreux goûts en commun et ne cessaient de plaisanter ensemble. Rochelle se prit à penser que lui seul pouvait l'aider à sortir de son anorexie. Déjà éprise, elle lui prit la main et l'entraîna dehors, loin du bruit de la fête.

Un petit rire se fit entendre en même temps qu'une main se posa sur sa bouche. Désabusée, Rochelle rouvrit les yeux. Lui souriant, le garçon lui expliqua qu'il n'y aurait rien de plus que de l'amitié entre eux. Rochelle étouffa un léger cri. Le silence s'installa, pesant. Puis Rochelle murmura : « *Mais pourquoi ? Je ne te plais pas c'est ça ? Tu as déjà quelqu'un, dis moi ? Tu me trouves trop gamine ? Mais quoi... répond moi !* ». La serrant dans ses bras, le jeune homme lui chuchota à l'oreille : « *Tu es trop maigre... Je n'ai pas envie de sortir avec un squelette.* ». Il lui prit les poignets et, dans un rictus, prononça : « *Tu as vu...* ». Puis sans rajouter un mot il rejoignit ses camarades, la laissant seule avec son désespoir.

Ne voulant peiner l'amie qui l'avait invitée, Rochelle rentra à son tour. Elle entendit une voix l'appeler. C'était le garçon avec lequel elle se trouvait quelques instants plus tôt. Il était avec trois de ses amis. Elle s'approcha, méfiante. Il lui souriait : « *Allez, sans rancune.* » Il lui fit la bise. Rochelle renifla. Elle ne voulait pas perdre la face. Mais sans qu'elle ait le temps de réagir, elle sentit qu'on l'attrapait. Elle fut bientôt maintenue par deux fortes poignes. Elle ne comprenait pas ce qui se passait autour d'elle. Un garçon roux lui ouvrit la bouche de force. Rochelle voulait hurler mais aucun son ne sortait de sa gorge. Et soudain tout s'éclaircit. Elle vit la boîte de chocolats et comprit le jeu des trois garçons... Impuissante, elle se laissa faire. Elle avait mal…

Une fois la boîte vide les garçons s'en allèrent en riant. Rochelle se leva et se dirigea machinalement vers les sanitaires. Elle s'agenouilla et rendit, rendit et rendit jusqu'à ce qu'elle fut certaine de ne rien avoir gardé. Un goût désagréable. Une envie soudaine d'en finir. Des bruits. Des voix. Des points lumineux... Rochelle se sentit défaillir. Elle tomba sans connaissance sur le carrelage froid des toilettes. On prit son malaise pour une consommation excessive d'alcool. Elle fut allongée sur un canapé et veillée jusqu'à son réveil. Personne ne se doutait de la véritable raison de cette perte de connaissance et Rochelle se garda bien de l'expliquer. Personne ne saurait jamais rien de ce qui c'était passé ce soir là.

***

Rochelle était inquiète. Daure savait que son amie traversait une nouvelle passe difficile avec sa famille. Par conséquent elle lui avait proposé de passer quelques jours chez elle durant les vacances, afin de la réconforter. Rochelle avait longtemps hésité avant d'accepter. Elle se disait qu'elle devait surmonter cette peur qui la gouvernait. Peur… peur de faire des crises chez Daure, peur de craquer, peur de pleurer devant elle, peur de ne pas réussir à être naturelle devant la famille de son amie, peur que Daure l'emmène dans des endroits « pleins de monde »… peur envahissante. Peur destructrice. Peur insurmontable. Peur à surmonter pourtant. La fête où elle s'était rendue en compagnie de Paula s'était si mal achevée... Mais ce fut la raison qui la poussa à répondre « par la positive » à l'invitation de Daure : il n'était pas dans les habitudes de Rochelle de demeurer sur un échec.

Alors que Rochelle se rendait chez son amie, Daure lui souffla : « *Tu vas être choquée.* » Rochelle se demandait de quoi son amie pouvait bien parler. Sa maison était-elle un lieu insalubre ? Son frère était-il un amateur de substances illicites ? Manquait-il un œil à son chat ? Rochelle demanda à Daure ce qui était censé la choquer. La jeune fille se troubla un instant et détourna rapidement la question, lui répondant qu'elle s'en rendrait compte bien assez vite.

Après que Rochelle eut posé son sac les deux jeunes filles sortirent se balader dans la ville. En proie à une admiration sans bornes pour les monuments qui se succédaient les uns aux autres, Rochelle ne vit pas l'angoisse sur le visage de Daure, elle ne se rendit pas compte que son amie la dirigeait lentement mais sûrement vers un supermarché... et plus précisément au rayon des sucreries. Daure prévoyait de « criser » ce soir et elle craignait la réaction de Rochelle.

Ce n'était pas la première fois que Rochelle voyait quelqu'un faire une crise de boulimie. Mais ce fut la première fois qu'elle vit quelqu'un engloutir une quantité si abondante de nourriture en si peu de temps. Pourtant elle ne fut pas « choquée » par le fait de voir son amie faire une crise mais plutôt préoccupée de savoir si elle réagissait de la bonne manière face à elle, si elle ne la mettait pas trop mal à l'aise, si Daure n'allait pas trop mal...

Tout au long de la soirée Daure mangea de façon extraordinaire, s'arrêtant à minuit moins cinq pour ne pas « salir ce jour nouveau ». Rituel qui lui était propre. Rochelle trouvait réellement impressionnante la quantité de nourriture avalée par Daure. Néanmoins elle déclara à son amie qu'elle trouvait « qu'elle ne mangeait pas tant que ça ». Cette phrase qui pouvait sembler banale et qui était censée rassurer Daure parut stimuler chez elle un bref frisson d'inquiétude. Rochelle se mordit les lèvres… elle avait encore manqué de tact. Ses mots étaient allés plus vite que ses pensées. Elle qui savait combien il pouvait être dur d'entendre de pareilles paroles venait de s'adonner à pareille indélicatesse.

***

Madame MEUSNIER lui fit signe de s'asseoir. Elle lui assura qu'elle n'en aurait pas pour longtemps, qu'après tout elle n'avait qu'une seule question à lui poser et que si Rochelle y mettait du sien ce serait rapidement chose faite. Alors la jeune fille, qui souhaitait elle-aussi terminer cet entretien pesant, lui demanda ce qu'elle voulait. Prenant les mains de Rochelle entre les siennes, l'infirmière prononça distinctement : « *Je veux simplement savoir si tu manges normalement maintenant.* ». Mal à l'aise Rochelle dégagea ses mains de celles de l'adulte et fit tomber sa chaise en se levant. « *Manger normalement ? Mais je ne sais même plus ce que ça veut dire, manger normalement !* » Brusquement prise de vertiges, la lycéenne vacilla. Elle ne s'était pas nourrie depuis la veille et les effets d'une alimentation insuffisante commençaient, à nouveau, à se faire sérieusement ressentir sur son organisme. A nouveau la jeune fille vit des points lumineux danser devant son regard. A nouveau les objets autour d'elles s'auréolèrent d'un halo brillant. A nouveau ses membres manquèrent de force, son esprit s'affola. Sensation divine. Sensation étrange. Sensation dangereuse. Sensation connue. Rochelle tomba.

L'infirmière avait senti la venue du malaise de son élève et s'était placée de façon à la retenir. Elle la déposa à terre avec délicatesse et commença à s'occuper d'elle en secouant la tête.

Rochelle n'échapperait pas à l'hospitalisation.

Les hôpitaux effrayaient la jeune fille. Elle ne supportait pas l'idée de devoir s'y faire soigner à son tour. Les blouses blanches, l'odeur de la maladie, le silence… tout l'oppressait dans ces bâtiments. Déjà, chez elle, on ne la considérait plus pour sa propre personnalité. Déjà, au sein de la famille, on parlait d'elle en disant « la petite », « le bébé »... Elle en était certaine : dans un hôpital on finirait de la dépouiller de son identité. Elle ne serait plus qu'un numéro parmi les autres, une malade comme les infirmières en soignaient tous les jours, une anorexique dont les os étaient aussi visibles que ceux des autres patients du service...

Et puis elle se souvenait de l'hospitalisation de son cousin... Il souffrait d'un cancer broncho-pulmonaire. Jusqu'à son dernier jour il eut les idées lucides. Jusqu'à son dernier souffle il ne cessa de remercier le personnel soignant pour leur écoute et leur compétence, personnel qui l'avait soutenu jusqu'à la fin. Mais ces souvenirs étaient trop douloureux pour Rochelle. Tout était trop frais dans sa mémoire. La vision de son cousin, de ses yeux exorbités, de sa faiblesse, de sa maladie qui avait eu le dernier mot... Toutes ces images étaient liées à celles des hôpitaux. Affronter à son tour cet univers particulier lui paraissait impossible. Il fallait qu'elle s'en sorte seule. Seule, sans l'aide de personne.

Et puis il y avait aussi sa famille. Ses proches qui eux-mêmes se sentaient impuissants face à elle. Son père, grand bavard avant l'anorexie de sa fille, s'était muré dans un mutisme qui le détruisait à petit feu. Les disputes de Rochelle avec sa mère avaient contribué à l'installation d'un climat tendu à la maison. Les repas, notamment, étaient source de conflits. Madame ANAO ne supportait plus de voir sa fille maigrir encore et toujours plus. Elle se sentait inutile et ne se rendait pas compte non plus de la souffrance de son mari. Monsieur ANAO avait toujours intériorisé ses chagrins. Il avait été élevé dans une famille où un homme qui pleure est considéré puéril. Pareillement, Natanaël semblait bouleversé. Chaque soir il venait caresser les joues de sa sœur, plein de tendresse et de tristesse. Il ne comprenait pas son refus de manger mais il voyait bien que cela n'était pas normal. Il lui répétait qu'elle était trop maigre et qu'elle serait tout aussi jolie si elle était « un peu plus grosse ». Le petit expliquait cela avec ses mots d'enfant mais il parvenait toujours à toucher Rochelle. C'était le seul avec qui elle parvenait encore à garder un zeste de patience. En ce qui concernait Océane, Rochelle n'avait pas le calme dont elle faisait preuve avec Natanaël. Océane était persuadée que son aînée ne se nourrissait plus afin d'attirer l'attention. Elle souffrait du fait que sa mère passe moins de temps avec elle, que son père s'absente de plus en plus régulièrement, que Natanaël lui-même soit plus irritable et colérique. La bambine avait reporté sa rancœur contre Rochelle, l'accusant de tous les maux dont elle souffrait. A dix ans il est bien difficile de se faire une place dans une telle famille… Sofia et Symon, de six ans les aînés de Rochelle, ne vivaient plus à la maison… Ce qui n'avait pas empêché Sofia de rapidement se rendre compte de la maladie de sa cadette. Elle avait tenté de parler avec elle mais Rochelle refusait catégoriquement d'accepter son anorexie. Elle niait tout en bloc et repoussait Sofia dès que celle-ci lui conseillait d'aller en parler à un médecin. Alors, pour préserver la tendre complicité qui l'unissait à Rochelle, Sofia avait préféré abandonner son combat. Elle poursuivait ses études de danse et multipliait les ballets afin d'oublier la pensée obnubilante du visage mort-vivant de sa petite sœur… Symon, lui, avait été engagé dans une boîte de publicité au Portugal. Il aimait sa famille mais avait toujours été très indépendant. Lorsque Sofia voulut l'informer des soucis de Rochelle, il lui répondit en rigolant : « *Ne t'inquiète pas, va… ça lui passera ! Tu n'as qu'à lui offrir du pain d'épice, tu verras si elle ne se jette pas dessus !* ». Symon ne pensait pas que le mal vécu par Rochelle était bien réel, qu'il s'agissait d'une maladie terrible qui connaissait cinquante pour cent de rechutes parmi les personnes en rémission, d'une maladie qui tuait de plus en plus chaque année…

Pour sa part Rochelle était terrifiée par la pensée qu'il puisse arriver quelque chose à ses proches, qu'ils puissent partir sans qu'elle se soit excusée de leur avoir causé tant de mal, sans leur avoir dit combien elle les aimait et combien elle regrettait de les avoir fait souffrir. Elle savait qu'ils étaient malheureux à cause d'elle et elle s'en voulait. Avant qu'elle développe son anorexie, leur foyer était tellement gai…

Mais la jeune fille ne pouvait plus rien contrôler : tout chez elle était devenu machinal. Automatique. Les gestes, les mots, les besoins... plus aucun désir ne régissait sa vie. Elle ne savait plus ce qu'elle faisait... ni même ce qu'elle disait. Daure lui avait raconté qu'un jour, en lisant un poème, elle avait prononcé le mot « vomir » au lieu de « mourir », et cela à deux reprises. Rochelle constatait à son tour qu'elle multipliait ce genre de lapsus : « cacher » pour « cahier », « couverture » pour « convertir »... troublantes manifestations de l'inconscient qu'elle avait longuement étudiées en philosophie !

***

Afin de rejeter loin d'elle les pensées obsédantes relatives à sa maladie, Rochelle décida de se rendre au Centre de Documentation. Depuis quelques mois les cours de littérature lui semblaient soudain retrouver tout leur intérêt. Elle appréciait notamment le surréalisme. L'écriture automatique. Breton, Soupault, Aragon, Tzara et bien d'autres encore. Fascinée par ce mouvement littéraire hors du commun, Rochelle écoutait, les yeux rivés sur sa professeure. Le cubisme aussi avait fait naître en elle une passion aussi soudaine qu'étrange. Les tours Eiffel de Robert Delaunay, particulièrement, l'impressionnaient. A la recherche de tous les documents pouvant la renseigner sur le sujet, elle passait maintenant le plus clair de son temps au Centre de Documentation, y restant longtemps après la fin des cours jusqu'à ce qu'on la prie gentiment de sortir.

C'est ainsi que Rochelle put noyer ses soucis dans ce nouveau centre d'intérêt auquel elle consacrait la majeure partie de son temps libre. Comprenant l'importance de la nouvelle passion de cette élève si différente des autres, les documentalistes orientèrent Rochelle vers de multiples bibliothèques, médiathèques et cafés littéraires. A plusieurs reprises elles l'invitèrent chez elles afin de converser ensemble de leurs lectures respectives. Rochelle finit par se lier d'amitié avec elles.

Et finalement la lycéenne décida de se livrer elle-même à cette « dictée de la pensée » inconsciente, non raisonnée. Elle commença par écrire quelques phrases sans réfléchir. Ses essais la firent rire… puis la laissèrent dubitative. Sur son cahier Rochelle avait rédigé ces quelques mots, à la suite les uns des autres :

« Son ami, les larmes, sa vie.
Rire est le propre de l'homme mais l'homme n'est pas toujours propre.
Virgule.
L'homme et son carcan mâchaient ce papier.
Mon ami vint à moi, son bras me prit et m'emmena.
La perle roula sous la table, déblayant sur son chemin un hérisson apeuré.
L'île de l'eau de la lune.
Le puit joli but sa vie polie.
J'aimais cet amour aimant d'eau vive et de voix verte dans les pois des prés.
Le fromage croque dans la femme avec un rire piquant de pomme. »

Qui n'a jamais étudié ou lu œuvre surréaliste ne pourra saisir le sens de ces paroles, apparemment absentes de toute logique. Mais Rochelle, les examinant plus attentivement, remarqua certaines étranges coïncidences avec sa propre vie. « Les larmes », « apeuré », « le fromage »… chacun des mots avait finalement son importance, un rapport avec elle-même. Ainsi la « vie polie » sembla la caractériser : n'était-elle pas quelqu'un de trop discret, trop poli, qui faisait tout pour ne pas se faire remarquer ? Le « hérisson apeuré » lui rappela également son propre caractère. Comment l'expliquer ? Ces phrases chantaient dans sa tête. Elles semblaient porteuses d'une douce mélodie dont elle était la seule à posséder la clef. Personne d'autre qu'elle ne pouvait comprendre le sens véritable de ces quelques mots…

Après s'être adonné à l'écriture surréaliste, Rochelle – qui n'avait jamais été une grande artiste – commença à pratiquer le dessin automatique. Ses crayons traçaient d'eux-mêmes des lignes sinueuses de toutes les couleurs sans qu'aucun contrôle ne fût exercé par sa raison. Rochelle prenait ses ciseaux, découpait des feuilles d'aluminium ou de carton et les collait sur ses dessins. Elle écrivait quelques phrases, jetait deux ou trois gouttes d'encre bleue, noircissait un coin de page, rajoutait une clef de sol ou un peu peinture… et admirait son œuvre. Là encore elle retrouvait son identité. Sa personnalité. Les signes sur la feuille ressemblaient aux méandres infinis de son esprit tourmenté. Ecrire, dessiner ou lire lui faisait du bien. Rochelle paraissait apaisée. Le surréalisme était devenu son credo. Son « truc à elle ».

***

Daure tira une longue bouffée sur sa cigarette. Elle recracha une fumée épaisse qui s'envola en cercles dans le ciel. « *Mais quel est le poids que tu t'es fixé ? Quel est ton poids « idéal », celui qui te conviendrait ?* » Rochelle ne savait que répondre à cette question si complexe. Cependant, lucide, elle se rendit compte qu'elle connaissait parfaitement le poids qu'elle aimerait faire. Daure jeta son mégot par terre et l'écrasa d'un geste machinal.

« *Zéro. Je crois que le poids qu'il me plairait d'atteindre, ce serait zéro kilo.* »

Ahurie, Daure la fixa du regard. Une plume. Un ange. Zéro kilo. Puis Daure baissa les yeux lorsqu'elle se surprit à penser qu'elle aussi aurait tellement voulu ne rien peser. Un esprit. Un souffle. Zéro kilo.

***

« *Je retrouve dans tes yeux bleus si étranges le bleu du ciel et de l'amour.* » Rochelle tournait et retournait le papier froissé entre ses doigts. Le mot venait de parvenir à son pupitre, comme lorsqu'elle était dans les petites classes et qu'elle envoyait des messages à ses amies au nez et à la barbe de ses instituteurs. Elle savait pertinemment qui en était l'auteur. Il s'agissait de Bastien, un garçon assez laid qui ne l'intéressait pas outre mesure, malgré son sens de l'humour assez prononcé. Toutefois Rochelle ne put s'empêcher de sourire, de sentir que son cœur se réchauffait sous l'effet de cette nouvelle inattendue : elle était aimée ! Bastien venait de lui prouver que quelqu'un pouvait s'intéresser à elle malgré ses idées noires et ce corps dont elle ne supportait pas la vue. L'amour de Bastien était agréable parce qu'il est bon de se savoir aimé, même si l'on n'aime pas en retour…

Rochelle tourna la tête vers le fond de la classe. Aux côtés de l'expéditeur du message se trouvait un autre jeune homme, Lenny. Il regardait Rochelle en lui souriant. Rouge de plaisir, la lycéenne baissa les yeux sur son cahier et ferma ses oreilles au cours d'italien jusqu'à ce que la sonnerie de fin des cours la sorte brutalement de ses songes. Son admirateur et celui qu'elle admirait sortirent devant elle en bavardant ensemble comme si rien ne s'était passé.

Rochelle était aimée. Aimée et affamée. D'un pas léger et pressé, elle se dirigea vers le supermarché le plus proche. Poussa de sa main blanche la porte en verre poli. Elle n'aimait pas celui qui l'aimait, mais elle était aimée…

La jeune fille chantait dans les rayons. Elle était joyeuse. Elle avait cédé à l'idée de faire une crise, renoncé à celle de suivre ses « plannings », trop contraignants, trop difficiles sans aide extérieure. Elle avait beaucoup réfléchi ces trois derniers jours. Beaucoup. Trop peut-être. Trop sûrement. Après avoir – presque – réussi à reprendre une alimentation normale en notant tout ce qu'elle avalait et en planifiant à l'avance ses repas, elle était montée sur la balance… « Pour contrôler », disait-elle. Juste pour voir « où elle en était ». Elle avait rassuré ses amies. Mais le chiffre de la balance lui avait semblé exorbitant. Ses quarante-sept kilos ne la satisfaisaient pas, loin de là et même si elle était aimée.

Rochelle trouvait que certaines formes pouvaient être jolies, modeler une belle silhouette, un corps féminin... Mais elle était persuadée que sur elle le moindre pli de peau était un horrible « bourrelet » qui la déformait, l'enlaidissant. Elle était consciente que son poids était très au-dessous de la moyenne... cependant elle ne pouvait s'empêcher d'avoir de telles pensées. Elle voulait aussi garder « une marge » pour le cas où elle prendrait trop de poids. Elle se trouvait bien comme elle était... Mais combien de temps son poids actuel lui conviendrait-il ? Rochelle n'était pas idiote. Elle savait que reprendre du poids était pour elle une nécessité si elle voulait guérir. Ce que les « autres » ne comprenaient pas, ou ne voulaient pas comprendre, c'était qu'elle ne supportait pas de grossir. Au point de ne penser qu'à ça tout le temps, jour et nuit. Au point de se faire rendre même quant elle ne mangeait pas. Au point d'avaler une boîte entière de laxatifs et de souffrir le martyre à cause de ces médicaments pris dans des doses trop grandes. Au point d'être rassurée par la vision d'un corps osseux, sans chair ni formes. Paradoxe. L'anorexie, un total paradoxe. Vouloir guérir sans grossir. Manger et vomir. Ne plus avoir d'espoir et espérer cependant. Rechercher l'affection et ne pas supporter celle donnée par autrui. Vouloir s'en sortir et refuser l'aide proposée... Quotidien incompris et destructeur.

Toujours est-il que Rochelle était convaincue que vivre en essayant de reprendre une alimentation normale était plus dur encore que vivre en cédant aux crises. La bonne volonté qui jusque là ne l'avait pas quittée semblait s'amenuiser de jour en jour. Rochelle était maintenant persuadée qu'elle devait trouver du plaisir dans les crises : puisqu'elle n'arrivait pas à surmonter sa maladie, elle allait jouer avec elle, la transformer en divertissement. La jeune fille n'avait pas compris que c'était le meilleur moyen pour plonger plus bas encore... et si elle l'avait compris, elle était tellement à bout de ressources qu'elle préférait encore cette alternative à celle de lutter sans garantie pour des résultats incertains et très relatifs.

Sautillant parmi les biscuits, euphorique, Rochelle ne savait que choisir. Elle avait retiré au distributeur tout l'argent qui lui restait sur son compte. Autrement dit : quarante-deux euros. De quoi se faire un festin. Néanmoins Rochelle semblait un peu déçue. Avec quarante euros elle pourrait s'acheter une quantité importante de gâteaux… mais elle savait qu'elle devrait tenir jusqu'à la fin du mois sans argent… et cela était pour elle une immense angoisse.

Un vieil homme la regardait en souriant, avec dans sa main un unique paquet de biscuits. Il lui demanda si elle préparait une fête. Rochelle le regarda et, hilare, lui répondit : « *Une fiesta gigantesque…* ». Elle le salua et passa à la caisse. Elle sortit ensuite du magasin pour cheminer jusqu'à un endroit peu fréquenté.

Une étendue verte s'offrait à ses yeux et elle était seule à en profiter. Elle s'assit à terre et, avec des yeux d'une taille démesurée, elle fixa son sac. Elle ouvrit lentement le premier paquet. Croqua dans le premier gâteau… Et tout s'enchaîna très rapidement. Comme lors de chaque crise. Rochelle se sentait bien. Elle ne pensait plus qu'à ce qu'elle avalait. Un nombre infini de paquets se succéda. Les uns après les autres, gâteaux, biscuits, barres de chocolats… furent engloutis, la cadence infernale de la « mangeuse » ne se ralentissant à aucun moment. Quand elle vit qu'il ne lui restait qu'une seule boîte de biscuits, Rochelle fut attristée. La fête touchait déjà à sa fin… elle allait bientôt devoir rendre.

Elle acheva donc l'ultime boîte et, calmement, rangea les papiers et cartons dans son sac. Son ventre tendu la faisait souffrir. Elle n'était plus habituée à tant manger. Mais la douleur serait bientôt calmée. Cela faisait longtemps que Rochelle n'avait plus besoin de se mettre deux doigts dans la bouche pour vomir. Son corps avait assimilé cette action, devenue un automatisme. La jeune fille avait aussi renoncé à l'eau sucrée, elle avait seulement gardé le soda… parce que c'était le dernier plaisir, celui qui clôturait la crise. Elle avala donc son litre et demi de limonade. Regarda le ciel, bleu comme ses yeux. Immense comme son envie de liberté… Immense comme sa dépendance à la nourriture.

Un coup sec venant de son estomac la plia en deux. Elle porta sa main droite à sa poitrine et de sa main gauche retint ses longs cheveux. Et rendit, d'abord avec dégoût puis avec soulagement. Le mot « plaisir » serait inconvenant dans cette situation mais le fait de « ne pas garder » procura tout de même à Rochelle une sensation infinie de bien-être.

Une heure et demie. A genoux sur l'herbe. Cassée en deux. Secouée de relents. Quand elle estima qu'elle avait « bien vomi » elle s'allongea à terre, à côté de cette nourriture à demi-digérée qu'elle venait de rendre. Elle se nettoya la bouche avec un peu d'eau et se passa un mouchoir humide sur le visage. Elle eut un petit rire lorsqu'elle songea qu'avec tous les efforts qu'elle venait d'effectuer elle devait avoir perdu quelques calories…

Puis, son envie de nourriture momentanément rassasiée, elle s'endormit paisiblement, de ce sommeil léger qui l'avait abandonné depuis des mois. Ses idées se confirmèrent dans son esprit. Tout était clair… Une crise était à la fois quelque chose d'extrêmement fatiguant et de réellement plaisant… plus agréable en tous cas que ces impossibles régimes où il fallait faire attention à chaque cuiller, à chaque grain de riz.

Le début de la fin. Rochelle prenait du plaisir à se faire vomir.

***

Allongée dans le dortoir de l'infirmerie Rochelle regardait devant elle. La pièce était vétuste. La lampe clignotait comme si elle allait s'éteindre d'un moment à l'autre. La tapisserie était d'un rose sale et le sol d'un jaune trop vif qui n'était pas en accord avec un lieu qui se voulait propice au repos. L'unique porte était faite d'un bois ancien, solide. Rochelle la fixait sans discontinuer, à en avoir mal aux yeux. Elle avait si faim. L'infirmière avait refusé de lui donner à manger, lui proposant en échange de parler avec elle. Elle ne comprenait pas que lorsque Rochelle mendiait ainsi de la nourriture elle était dans le même état qu'une droguée sans sa dose.

La jeune fille avait refusé le dialogue mais elle avait obtenu l'autorisation d'aller s'allonger un peu. Afin de ne pas se jeter sur la porte qui lui faisait face – à défaut d'autre chose – elle ferma les yeux et finit par s'endormir. Durant deux heures elle fut empêtrée dans un sommeil agité. Elle rêva. Rêva qu'elle était dans une telle détresse, dans un tel manque de nourriture, qu'elle finissait par se dévorer les bras…

Alors qu'elle commençait à suffoquer, elle ressentit une vibration sur son flanc gauche. Rochelle ne tarda pas à réagir : elle venait de recevoir un message de Daure sur son portable. Un appel à l'aide. Sans autorisation et sans bruit, sur la pointe des pieds, elle déserta son lit. Daure l'attendait.

Quelques minutes plus tard Rochelle arriva enfin dans une petite cour, lieu de leur rendez-vous. Dans le fond, assise sur une pierre plate, la tête sur les genoux… Daure la regardait. Un sourire de soulagement se peignit sur son visage lorsqu'elle reconnut Rochelle. Enfin. Toute fine dans ses amples vêtements couleur ciel, son amie semblait sortir tout droit d'un rêve. Maintenant qu'elles étaient ensemble, il ne pouvait plus rien leur arriver. Rochelle savait lire en Daure comme dans un livre ouvert : d'un unique regard elle comprenait ce que ressentait son amie.

Daure regardait ses jambes. Rochelle fit remarquer à son amie son effroyable maigreur… ce qui rassura Daure, même si elle avait du mal à y croire. Voyant que Rochelle axait elle aussi son regard sur sa graisse imaginaire, Daure chuchota : « *Nous sommes folles, Rochelle. C'est comme si une petite voix intérieure me disait que je devais maigrir, que les autres, ceux qui veulent me faire croire que je suis mince n'étaient que des menteurs qui ne songeaient qu'à me faire tomber dans l'obésité pour mettre en valeur leur propre corps… Tu te rends compte ? Je suis timbrée, Rochelle. Timbrée et paranoïaque.* »

***

Rochelle n'avait même plus la force de pleurer. Elle avait depuis longtemps cessé de voir ses amis, refusant leurs invitations les unes après les autres. Elle n'avait pas les ressources nécessaires pour se montrer joyeuse à leurs côtés. En proie à une fatigue sans bornes, elle ne parvenait même plus à se maquiller, à s'habiller, à écouter un peu de musique... Elle restait couchée du matin au soir avec pour seules compagnes d'obscures pensées.

***

Rochelle passa sa main glacée dans ses cheveux trempés par la sueur. Elle aurait juré avoir vu autre chose à travers ces petits grains de sucre. Troublée par cette mystérieuse vision, elle alla s'asseoir par terre. Lenny, un de ses camarades de classe, avait vu qu'elle allait mal et lui proposa de la conduire à l'infirmerie. Rochelle refusa poliment mais lui demanda de rester près d'elle. Elle aimait beaucoup Lenny et n'avait jamais osé le lui avouer. Mais ce ne fut pas par affection pour lui qu'elle souhaita le garder près d'elle. Sa vision l'avait réellement effrayée et elle était terrorisée à l'idée qu'elle puisse se reproduire une nouvelle fois.

Depuis quelque temps Rochelle succombait de plus en plus facilement « à la tentation ». Elle ne se privait ni de tabac, ni de cannabis, ni d'alcool. Elle se persuadait que la plupart des jeunes s'adonnaient régulièrement aux plaisirs de ces « déformateurs de conscience », de ces « magies » qui faisaient surgir au cœur d'un réel souvent bien sombre les lumières les plus scintillantes, qui changeaient les faits les plus banaux en événements extraordinaires. Ce que Rochelle omettait, c'était que les autres jeunes en avaient rarement usage lorsqu'ils étaient seuls. Le cannabis comme l'alcool se consommaient le plus souvent durant des soirées entre copains. Et la consommation de Rochelle ne ressemblait pas à celle de tous ces jeunes. Sa consommation traduisait une accoutumance qui s'ancrait de plus en plus profondément et révélait un mal être tout aussi vaste. Ce que Rochelle se cachait aussi, c'est qu'elle ne songeait même plus à soulager son malheur à l'aide de cigarettes, de joints et autres petits verres de liqueurs alcoolisées... Toutes ces substances étaient devenues terriblement ordinaires pour elle. La jeune fille avait souhaité passer à quelque chose de « plus fort ». A un produit qui aurait des effets plus grands sur elle, qui lui masquerait mieux la misère de sa condition, qui lui dissimulerait ses soucis. Qui lui offrirait plus de rêve. Ce qu'elle avait vu dans les grains de sucre n'était pas anodin… et elle refusait de l'admettre.

***

Terrible résignation. Ne pas se faire aider. Cruel orgueil. Elle s'enfonçait sans s'en rendre compte. La déchéance. A présent on parlait presque d'elle au passé.

***

Quand elle arriva sur la place de la mairie, cela faisait dix jours qu'elle ne s'était pas lavée. Dix jours qu'elle ne s'était pas changée. Dix jours qu'elle ne voyait plus personne. Dix jours qu'elle vivait dans une solitude totale. Dans un accès de désespoir, elle avait déchiré son jean en lambeaux. Sa chemise était elle-aussi en loques. Les cheveux en bataille, la figure creusée par le manque de sommeil, de nourriture et le trop plein de soucis, Rochelle avait réellement l'air d'une morte-vivante. Ce fut peut-être l'une des raisons qui poussa un agent de la sécurité à vérifier le contenu de son sac.

« *Etes-vous en possession d'une quelconque substance illicite, mademoiselle ?* » Rochelle se mit à rire d'une façon effrayante et répondit au gendarme d'une voix rauque : « *Pas encore, mais ça ne saurait tarder…* ». L'homme en uniforme ouvrit des yeux étonnés et éprouva une soudaine compassion devant cette jeune fille à l'air paumé. D'un geste de la main il lui fit signe de s'en aller. Rochelle s'inclina et dit d'une voix forte : « *Vous êtes trop bon, mon brave homme.* ». Le gendarme ne releva pas l'ironie de la remarque et décida de changer de quartier. A la vue de tous ces jeunes « mal partis dans la vie », comme il disait, il éprouvait le besoin de changer d'air.

A l'affût, Rochelle poursuivit son chemin sur la place de la mairie. Une crête rouge s'approcha d'elle. La crête était accompagnée de nombreux piercings et tatouages. Rochelle s'approcha : « *T'aurais pas un peu de...* ». La jeune fille n'eut pas le loisir de terminer sa phrase. Un doigt se posa sur ses lèvres et des mots étrangers aux siens achevèrent sa phrase : « *Je suis sûr que tu as à faire ailleurs, mon pote.* ». La crête s'éloigna dans un grognement sourd. Lenny respirait bruyamment. Il se mit à hurler : « *Mais qu'est-ce que tu fous là, toi ? Bon sang, quand est-ce que tu décideras d'arrêter tes conneries, Rochelle ? Tu débloques à mort en ce moment !* ». Rochelle le regarda. Baissa la tête. S'éloigna doucement.

Lenny la rejoignit, prit son visage entre ses grandes mains. « *Excuse-moi Rochelle, excuse moi...* » Calmement, il la serra dans ses bras. « *Tu me fais si peur en ce moment. Au bahut, ça fait une semaine qu'on se demande tous ce que tu deviens. Tu n'affronteras pas ses problèmes en les fuyant, Rochelle... et encore moins en prenant ces saloperies ! Tu ne sais même pas qui sont ces gars, ni ce qu'ils auraient pu te faire... Ce ne sont pas des enfants de chœur, personne ne sait de quoi ils sont capables ! ... Tu as de la chance que je sois grand, fort et effrayant !* ». Pour la première fois en dix jours, Rochelle s'autorisa à sourire. Lenny poursuivit son monologue. « *Tu n'es pas seule Rochelle. Il y a des gens qui s'inquiètent de savoir comment tu vas... Je ne suis pas l'unique personne qui à se préoccuper de ce que tu deviens, crois-moi ma belle... Une certaine Laure est très inquiète. Il y a aussi des dénommées Elsa et Myriam qui, pour te rendre visite, ne sont pas allées en cours aujourd'hui. Et Daure, qui a une tête de déterrée depuis que tu ne viens plus en cours...* » Rochelle, pensive, éprouva un étrange sentiment. Comme de la satisfaction. Cela lui faisait plaisir qu'on s'inquiète pour elle... Cela lui prouvait qu'elle existait au moins pour les autres, si ce n'était pour elle. Mais elle redoutait le moment où elle devrait les retrouver, tous, et où elle devrait affronter leurs questions.

Recouvrant l'usage de la parole, elle s'enquit de la raison d'être de la présence de Lenny – à une heure si tardive – dans ce lieu. Le jeune homme soupira et lui répondit que quelqu'un de cher à son cœur s'était laissé prendre aux pièges de la poudre blanche... et qu'il pensait trouver cette personne ici. Rochelle demanda à Lenny l'identité de cet individu mystérieux. Le garçon lui répondit que c'était de sa petite amie dont il s'agissait. Rochelle réprima un sanglot. Sans en avoir réellement conscience, elle espérait avoir une relation plus poussée avec Lenny et cet espoir venait de s'envoler. Elle se dit que ça n'était pas étonnant que le jeune homme ai jeté son dévolu sur autre qu'elle, au vu de son aspect physique et de son « délabrement » psychologique... Lenny ne sembla pas percevoir les regrets de son amie. Il songeait que s'il avait réussi à empêcher Rochelle de commettre une grave bêtise, il n'avait pu préserver son amie de tel danger... Lâchant la main de Rochelle, il lui fit promettre de se « reprendre en main », de rentrer chez elle et de revenir au lycée la semaine prochaine. Machinalement Rochelle jura. Après ce qu'il avait fait pour elle, elle ne souhaitait pour rien au monde le décevoir... même s'il ne devait rester qu'un « bon ami ».

Ignorant les quelques crêtes rouges qui louchaient sur elle, elle poursuivit sa route vers l'arrêt de bus le plus proche. Se retournant une dernière fois, elle embrassa de son regard la place et ses occupants. C'est à ce moment qu'elle se rendit compte de l'ampleur qu'aurait pu prendre son acte. Honteuse, elle pensa qu'elle avait touché le fond et se fit le serment d'aller mieux.

***

Maladie traîtresse. Parce qu'on ne comprend qu'on en est atteint qu'une fois qu'on est certain de ne plus pouvoir s'en dépêtrer. Parce qu'on passe son temps à la renier. Parce qu'une fois qu'on croit s'en être définitivement débarrassé elle ressurgit, vicieuse, pour prouver qu'elle est toujours là, plus présente que jamais...

Maladie traîtresse parce que lorsqu'on pense n'être qu'un cas isolé on découvre qu'elle a envahi plusieurs personnes de notre entourage, nous laissant encore plus désemparés.

C'est ainsi que Rochelle apprit qu'une de ses amies était elle aussi atteinte de troubles du comportement alimentaire. Cette nouvelle eut sur Rochelle l'effet d'une bombe atomique. Passé le moment où elle tenta de conseiller sa camarade arriva un instant de doute. Doute effroyable. Doute incompréhensible à qui ne l'a pas vécu. Doute égoïste sûrement, inconscient nécessairement...

Rochelle douta que son cas fut plus important que celui de son amie. Douta d'être plus mince qu'elle, alors qu'elle savait pertinemment que pour la même taille sa camarade pesait cinq kilos de plus qu'elle. Rochelle eut peur de ne plus être le « centre d'intérêt », de ne plus avoir le « monopole » de cette minceur qu'elle ne voyait pas et pour laquelle elle prêtait quotidiennement tant de soins. En même temps Rochelle ressentit une tristesse extrême, allant jusqu'à pleurer sur le sort de son amie, chose qu'elle ne se permettait que rarement pour son propre cas. Elle savait que ces problèmes alimentaires étaient très éprouvants, difficiles à accepter et problématiques à résoudre. Elle connaissait les moments de solitude consécutifs à ce mal être alimentaire. Elle se sentait impuissante à aider son amie. Daure avait su, en lui faisant partager son expérience propre, lui apporter un peu de réconfort. Elle savait qu'elle pouvait compter sur elle. Elle décida d'agir de la même manière pour son amie. C'était tout ce qui était en ses moyens.

Toutefois le choc de cette nouvelle la fit plonger dans une nouvelle phase de la maladie où ne se nourrissait plus qu'un jour sur deux, et d'une façon extrêmement restrictive. Rochelle marchait à présent au même pas que la maladie, l'accompagnant et l'aidant dans cette lente descente aux enfers. Au lieu d'être tiraillée entre la joie et l'inquiétude lorsqu'elle perdait quelques kilos, Rochelle devenait de plus en plus euphorique. Elle ne cachait même plus à ses proches qu'elle faisait des crises. Elle se fichait de leurs angoisses. Ne pas manger pendant plusieurs jours de suite ne lui faisait plus rien, pas plus qu'aller dépenser vingt euros en confiseries diverses. Prendre la chose ainsi était si facile... D'ailleurs ne lui avait-on pas enseigné en cours de philosophie que l'événement en lui-même n'est pas important… que c'est l'interprétation qu'on en fait qui le rend capital ?

Les camarades de classe de Rochelle la trouvèrent en meilleure forme mentalement parlant, plus gaie, plus énergique. Rochelle avait repris goût à certaines activités. Elle aimait se balader dans les rues de sa ville, se remémorant la jeune femme du livre qu'elle étudiait en littérature, Nadja. Nadja était une personne qui errait sans objectif, en proie à des signes qui l'éclaireraient sur le sens véritable de son existence. Rochelle était loin de la réalité de la société dans laquelle elle vivait, avec laquelle elle avait toujours eu du mal à vivre. Elle refusait tout ce qui la « fondait dans la masse ». Ainsi elle aimait arriver vingt minutes avant la fin du cours, pieds nus et avec une plume dans les cheveux. Les élèves de la classe riaient de bon cœur ou la montraient du doigt en disant qu'elle voulait se rendre intéressante. Rochelle n'accordait plus la moindre importance à ce que les autres pouvaient penser de ses attitudes. Elle vivait enfin en symbiose avec elle-même. Jamais elle n'avait été si naturelle que durant cette période où elle accumula les avertissements, colles et réprimandes de la part des professeurs. Même les sanctions qui lui étaient imposées, elle les détournait.

Elle finit par être convoquée par le principal de son lycée, rendez-vous qu'elle contourna deux fois de suite… Au second rappel, Rochelle se décida à aller rendre visite au principal, plus par curiosité que par crainte d'être expulsée. Et c'est vêtue d'une djellaba beige qu'elle pénétra dans le bureau sombre de l'homme le plus influent du lycée. Rochelle s'attendait à devoir rester debout et écouter la leçon de morale de cet homme « bien comme il faut », ordinaire et gris. Pourtant ce qu'elle imaginait était bien loin de ce à quoi elle du faire face. Le principal l'invita avec un geste poli à s'asseoir dans un fauteuil confortable. Avec une moue dubitative, il regarda l'élève. Chercha ses mots. Il commença une phrase qui resta en suspend sur ses lèvres. L'homme desserra son nœud de cravate et réussit enfin à articuler quelques mots : *« Mademoiselle ANAO, je ne peux continuer à tolérer votre attitude irresponsable. Je vais être dans l'obligation de vous faire exclure si vous ne vous reprenez pas en main.* ». Rochelle soupira fortement. L'homme se rapprocha d'elle. « *Toutefois j'ai un peu d'expérience, mademoiselle. Et même si vous êtes loin de penser cela, je suis conscient qu'une adolescente agissant comme vous le faites ne va pas bien. C'est pourquoi je ferai preuve de souplesse en suspendant l'exclusion temporaire dont vous devriez faire l'objet. Je souhaite aussi que vous sachiez que si un jour vous avez besoin de parler, je serai là.* » Rochelle réprima un sourire. Elle ne pouvait s'imaginer en train de se confier à cet inconnu. Le principal poursuivit son discours une heure durant. Il la pria d'aller voir l'infirmière du lycée et de garder courage. A la sortie de son bureau, Rochelle fit un malaise et dut se rendre à l'infirmerie pour s'allonger. Avant de la renvoyer chez elle, l'infirmière l'obligea à se peser. Rochelle ne faisait plus que quarante kilos.

Comme souvent depuis le début de sa pathologie, Rochelle alternait des phases où elle se sentait en accord avec elle-même et des périodes où la vie lui semblait d'une effrayante noirceur. Lorsqu'elle arriva chez elle, elle était à nouveau mal, très mal. Désespérée, elle se dit que plus rien ne la retenait dans ce monde. Trop de souffrances. Même l'amour de ses proches n'était plus à ses yeux une raison suffisante pour rester en vie. Elle regarda le ciel, une dernière fois. Sur son lit, une lettre. Ce testament qu'elle avait eu tellement de mal à rédiger et où elle priait tous ceux qui l'aimaient de surmonter sa mort et de vivre ce qu'elle n'avait pu connaître. Une mention spéciale à Daure, à qui elle dédiait son journal. Une autre à ses parents, qui l'avaient toujours soutenu mais avec lesquels elle n'arrivait plus à communiquer. Les étoiles brillaient, comme pour l'inviter à les rejoindre. Le vent avait cessé de souffler. Tout était silencieux. Dans sa jupe noire trop grande pour elle, Rochelle ressemblait à un spectre. Elle s'assit sur le rebord de sa fenêtre, les jambes dans le vide. Son cœur battait à tout rompre. Sa tête était vide de pensées. Les promesses faites à Lenny et à Daure étaient à présent très loin de son esprit tourmenté. De ses doigts glacés elle ouvrit une trousse à maquillage et en sortit une lame de rasoir. Elle tourna son poignet droit vers la lune. Deux veines bleues étaient bien visibles sous la fine peau blanche. Rochelle ferma les yeux et approcha la lame…

Mais d'un geste brusque, le temps d'une convulsion, elle s'arracha de sa fenêtre et se jeta sur son lit, se recroquevillant, tremblante, en pleurs, seule, perdue… sans rien pour la soutenir. Non, elle ne voulait pas réellement en finir avec la vie.

Toute la nuit elle se tourna et se retourna comme si elle vivait ses dernières heures. Elle geignait, poussant de petits hurlements. Chaque minute était pour elle une éternité. Elle se dit même que si elle parvenait à surmonter cette nuit elle pourrait se vanter d'avoir une volonté hors normes. Cette nuit là elle ne dormit pas vingt minutes. Cette nuit là elle ne cessa pas un instant de penser à la nourriture. Cette nuit là son calvaire ne lui laissa pas deux minutes de répit. Cette nuit là elle pensa maintes fois qu'elle allait mourir… mais cette nuit là elle s'était promit de tenir et cette nuit là elle tint.

***

Quelques jours plus tard Rochelle dut une nouvelle fois se faire face. Sa vie n'était qu'une suite de défis contre sa propre personne. Une nouvelle fois, ce combat qu'elle pensait inutile et le manque de résultats devant des efforts journaliers poussèrent Rochelle à l'anéantissement. Elle se mura dans le silence. Alluma une seule et imposante bougie et se dirigea vers la fenêtre qu'elle ouvrit doucement. Tout aussi posément elle tendit son poignet blanc à la lune. De sa main gauche elle empoigna un compas et elle se mit doucement à percer plusieurs petits trous dans sa chair. La douleur physique qu'elle ressentait semblait atténuer son mal être psychologique. Voir le sang couler lui apportait à la fois satisfaction et peur. Peur d'elle-même. Peur de ce dont elle pouvait être capable dans ses moments de désespoir. Rochelle serra le poing. Le sang redoubla. Elle s'entoura le poignet d'un mouchoir en papier qui prit rapidement une teinte bordeaux. Peu à peu, Rochelle revint de sa folie. Elle délaissa le mouchoir pour un sparadrap, soigna sa main et alla s'allonger sur son lit, les yeux grands ouverts. Jamais encore elle ne s'était mutilée de telle manière. Pourquoi donc éprouvait-elle ce besoin omniprésent et inconscient de faire du mal à son corps ? Pourquoi, alors qu'elle cherchait constamment à atteindre une image idéale de la beauté, abîmait-elle son physique ? Rochelle se dit que se comprendre était chose difficile mais nécessaire. Vouloir connaître la raison d'être de ses actes signifiait déjà qu'il y a avait une porte d'issue vers un avenir bien incertain.

Le téléphone sonna. Toute à ses pensées, Rochelle sursauta. Ses mains tremblaient. Des larmes roulaient sur ses joues. L'aiguille appuyée contre son poignet avait marqué sa peau d'un épais trait rouge. Rochelle attendait que la perturbante sonnerie de son portable s'éteigne. Elle aurait aimé le jeter par la fenêtre mais elle n'avait pas les ressources physiques nécessaires à cet acte. Le bruit perturbateur cessa enfin. Rochelle avait les yeux exorbités, le cœur affolé, l'esprit ailleurs. Elle avala péniblement sa salive... Mais l'interlocuteur n'avait pas raccroché. Le répondeur s'enclencha. Rochelle écouta le message. « *Rochelle, c'est Daure. Je sais que tu ne vas pas très bien en ce moment mais je me permets tout de même de t'appeler... Je suis mal. Très mal... Je... Je ne sais plus quoi faire... J'aimerai... Tu me... Tu ne réponds pas... Je suis à bout, Rochelle, je ne supporte plus la maladie...* » Daure sanglotait à l'autre bout du fil. Rochelle sortit de sa torpeur. Son amie lui adressait un appel à l'aide, elle ne pouvait pas la laisser ainsi.

La jeune fille se dépêcha d'appeler son amie. Elle cria à Daure qu'il ne fallait pas qu'elle la laisse, qu'elle ne parviendrait pas à surmonter sa maladie sans son aide, qu'elle la maintenait en vie chaque jour qui passait, qu'elle était sur le chemin de la guérison... Elle lui dit tous ces mots qui réconfortent. Ames en peine. Ces jeunes filles s'étaient rencontrées « grâce » à leur névrose commune. Elles croyaient dur comme fer que le destin les avait placées sur le même chemin pour qu'elles puissent s'entraider. Lorsque l'une d'entre elles commençait à perdre pied dans cette société si peu conforme à ce qu'elles auraient espéré, l'autre la ramenait sur terre, lui rappelant la dure réalité. Rochelle se souvenait de la fois où, Daure lui demandant quel poids « limite » elle s'était fixée avant d'aller consulter, elle lui avait répondu trente-deux kilos. Daure lui avait alors fait remarquer –

sans aucune méchanceté mais avec des mots francs et percutants – qu'à trente-deux kilos elle serait dans un état plus que préoccupant. Le rôle de ces deux amies était aussi de mettre l'autre en garde quant elle maigrissait trop ou encore de lui éviter un mal-être vis-à-vis de certaines situations… Daure était la seule personne en qui Rochelle avait trouvé confiance, écoute et compréhension. Certains de ses autres amis étaient au courant de ses problèmes de comportement alimentaire mais ils ne savaient pas vraiment comment réagir avec elle et étaient souvent maladroits en cela. Ils obligeaient Rochelle à manger, surveillaient tout ce qu'elle prenait au self, lui faisaient des remarques quand son alimentation était trop déséquilibrée… A travers ses maintes attentions, ils exprimaient tous leur amitié pour elle. Ils lui montraient qu'ils se préoccupaient de sa santé… mais Rochelle prenait parfois leurs conseils comme de l'agressivité. Elle se sentait incomprise.

Il est vrai que l'anorexie est une maladie particulièrement difficile à déchiffrer. Le refus de manger n'est pas du à la simple envie de perdre un peu de poids pour un tour de taille plus fin… Le problème est souvent ancré beaucoup plus profondément.

***

« Hospitalisation ». Le mot la terrifiait. Mais à présent elle était résignée.

Madame MEUSNIER avait convoqué Rochelle pour lui déclarer qu'elle allait la faire hospitaliser. L'infirmière avait pris sa décision. Il ne lui restait plus qu'à fixer le rendez-vous. Rochelle avait fondu en larmes. Comment avait-elle pu en arriver à ce point là ? Elle expliqua à l'infirmière, entre deux sanglots, qu'elle avait déjà fait un certain nombre d'efforts et qu'il lui semblait que personne ne s'en apercevait, que personne n'en tenait compte. Elle déclara qu'elle rédigeait régulièrement un journal, que ses crises s'espaçaient, qu'elle mangeait mieux et avait parlé avec ses parents de ce qui la souciait. Elle broda un peu. Se mentit... beaucoup. Arrangea la vérité à sa manière. Mais elle avait fini par se résoudre. Elle était déterminée, malgré ce que son esprit lui suggérait encore de raconter à l'infirmière du lycée.

***

Pensive, Rochelle revenait de l'arrêt de bus. Finalement sa journée s'était déroulée comme à l'ordinaire. Personne n'avait remarqué l'air absent de la jeune fille, ni cette lueur d'inquiétude qui perçait ses prunelles. Après l'entretien avec Madame MEUSNIER, Rochelle avait beaucoup réfléchi. Ses idées s'étaient heurtées les unes aux autres. Rochelle était une éternelle amoureuse de la vie... malgré tout ce côté sombre qui avait pris possession d'elle ces derniers temps. Et elle ne se reconnaissait plus. Elle voulait se retrouver. Par conséquent elle avait décidé d'écouter ce qu'on s'évertuait à lui dire.

Quant elle rentra chez elle, elle surprit sa mère en grande conversation téléphonique. Rochelle comprit de suite qu'elle discutait avec sa meilleure amie, Joëlle. Madame ANAO ne s'était pas rendu compte de la présence de sa fille. Une main sur le cœur, comme si elle déclamait quelque vers, elle chuchota dans le combiné : « *Tu sais, Jo, je suis si fière pour ce courage que j'ai su garder ce matin quand le médecin m'a annoncé la terrible nouvelle...* ». Rochelle ouvrit des yeux pleins de colère et, furieuse, elle arracha l'appareil des mains de sa mère. Pourquoi celle-ci éprouvait-elle le besoin de raconter tout ce qui la concernait à ses amies ? Elle-même n'avait pas fait part de la « terrible nouvelle » – son hospitalisation prochaine – à ses amies !

Madame ANAO, confuse, se perdait dans un flot d'excuses : « *Ma chérie, pardonne-moi, je ne savais pas que cela te dérangeais que Jo soit au courant... Je pensais... Tu ne m'en veux pas trop j'espère ? Je n'ai pas fait ça pour te nuire mon poussin...* ». Fixant sa mère d'un regard noir la jeune fille ne soufflait mot. Un nœud dans le fond de sa gorge l'empêchait de parler. Et même si la jeune fille avait eu l'usage de la parole à ce moment là, elle n'aurait pas prononcé un seul mot. Elle n'aurait pas su quoi répondre à cette mère si maladroite.

***

Sur son lit blanc d'hôpital, Rochelle se balançait d'avant en arrière. Elle regardait par terre, dans un coin de la pièce, là où elle venait de rendre son repas. Quant elle avait pris rendez-vous pour se faire hospitaliser, on l'avait informé du fait qu'elle ne pourrait pas se rendre aux toilettes le temps qu'elle digère ce qu'on lui ferait avaler. C'était le principe même de l'hospitalisation : réapprendre aux patients à se nourrir correctement afin qu'ils puissent reprendre un poids dans la norme en ayant une alimentation plus saine.

Mais très vite Rochelle n'avait pas accepté de ne plus maigrir… et encore moins de savoir qu'elle allait reprendre du poids. Bravant les interdits, elle avait demandé à une infirmière si elle pouvait – exceptionnellement – aller aux cabinets. Devant le refus de cette dernière elle n'avait pas trouvé d'autre alternative que celle de rendre sur le sol de sa chambre toute cette nourriture qu'on l'avait contrainte à absorber. Elle se répugnait elle-même mais préférait encore cette solution à celle de grossir. Cette hospitalisation elle l'avait voulue un temps, mais elle la regrettait à présent.

Peu après la diététicienne était venue voir si tout se passait bien. C'est alors qu'elle avait aperçu sur le linoléum la nourriture à peine digérée. Elle avait baissé les yeux et s'était assise à côté de Rochelle. Elle voulait parler avec elle, savoir ce qu'elle pensait de sa maladie et si elle souhaitait réellement s'en sortir. La jeune fille n'écoutait pas. Elle avait basculé sa tête en arrière et fermé yeux et oreilles. Elle en avait assez d'entendre qu'elle ne faisait pas d'efforts. Elle se sentait prisonnière de cette chambre, privée de lumière. La diététicienne, découragée par son attitude, finit par sortir, les bras ballants de n'avoir pu tirer le moindre mot de la part de la jeune fille. Elle opta pour une révision des menus de Rochelle.

Le repas du soir fut pour la jeune fille un moment extrêmement difficile. Elle sentait braqués sur elle les regards des infirmières et mangeait mécaniquement, sans échanger la moindre parole avec les filles de sa table qui avalaient elles-aussi têtes baissées. A la fin du dîner une psychologue vint annoncer à Rochelle qu'elle resterait avec elle pendant « l'heure réglementaire ». Rochelle la suivit et fit preuve d'une volonté extraordinaire lorsqu'elle bifurqua pour entrer dans sa chambre, se retenant de courir loin de cet hôpital qu'elle haïssait. Dans sa tête, des mots résonnaient. Les mots d'une chanson qu'elle aimait écouter avec sa sœur aînée lorsqu'elle n'était qu'une fillette encore innocente…

« *Les portes du pénitencier,*
Bientôt vont se refermer,
Et c'est là que je finirai ma vie,
Comme d'autres l'ont fini… »

La psychologue réussit finalement à sortir Rochelle de son mutisme. L'écoutant, elle jugea que la jeune fille n'avait pas sa place dans le service. Elle préféra l'envoyer voir une nutritionniste externe à l'hôpital, même si elle était persuadée que l'état physique de sa patiente nécessitait une hospitalisation. Son rôle était avant tout de soigner l'esprit et d'agir pour le bien-être de Rochelle, physiquement et psychologiquement parlant. Elle ne pouvait s'empêcher de douter du bien-fondé de sa décision mais Rochelle lui promit qu'elle irait mieux si elle sortait de cet endroit qui « respirait la mort ».

Mais que valent les mots d'une jeune fille perdue dans son envie chaque jour plus grande d'une inquiétante maigreur ?

Chapitre III

Rochelle sourit au hibou d'un air crispé et commença son commentaire de texte d'une voix tremblante. Les mots sortaient d'eux-mêmes sans qu'elle ne soit obligée de les chercher. L'examinateur, quant à lui, restait muet.

Puis le commentaire laissa place à l'entretien. Rochelle répondait du tac au tac, avec un accent italien impeccable. Rien, quelques minutes plus tôt, ne laissait présager un tel revirement de situation. L'homme la regardait sans mot dire, bouche-bée. Il finit tout de même par murmurer : « Fort bien mademoiselle, fort bien. Je ne vois pas la raison de votre stress précédent. » Et, se lissant une nouvelle fois la moustache : « Voulez-vous dire à la personne suivante d'entrer dans la salle, je vous prie ? » Finalement le hibou ne semblait plus si antipathique...

Rochelle avait réussi à délaisser son histoire afin de mieux se concentrer durant son examen mais celle-ci ne l'avait pas quitté pour autant. Définitivement la jeune fille voulait comprendre. Comprendre. Et pour cela elle devait achever le parcours débuté.

***

Que faire lorsqu'on est bloquée dans une salle d'attente, affamée, avec moins de cinq cents en poche, face à un patient qui ne cesse de se goinfrer ? Et sans forfait ni batterie par-dessus le marché... Rochelle ressassait ses idées. Une question lui vint à l'esprit, qu'elle se jura de poser à Daure : « *Peut-on voir le réel quand on a faim ?* ». Elle songeait que dans ses moments de famine intérieure celui-ci lui était hermétiquement clos. En effet elle ne parvenait à voir que le seul côté utilitaire des objets : cette fleur serait-elle douce au palais ? L'osier de ces fauteuils serait-il dur à avaler ? Quelles questions ridicules ! Rochelle croyait devenir folle... Elle avait si faim ! Si seulement elle pouvait avoir ne serait-ce que quelques miettes de ce gros pain... quelques centimes de plus, histoire de s'acheter quelque chose… n'importe quoi… quelque chose à se mettre sous la dent… Ses pensées étaient si confuses, si sombres…

Mais bientôt la tête blonde de la nutritionniste fit son apparition. Elle annonça à Rochelle que c'était à son tour d'entrer dans le cabinet. La jeune fille avança, dominée par la peur. La nutritionniste lui fit signe de s'asseoir. Elle était exactement comme Rochelle se l'était imaginée. Grande, svelte et trop fardée. D'une voix aigue elle commença à débiter un flot continu de paroles dont Rochelle ne percevait pas toujours l'utilité. Puis elle leva son menton pointu et regarda la lycéenne dans les yeux : « *Mademoiselle ANAO, je crois que vous souffrez de problèmes de comportement alimentaire ? On m'a informé de cela.* ». Elle ne laissa pas à Rochelle le temps de répondre. Perdue devant cette trentenaire vieillie par un maquillage inadapté, Rochelle aurait voulu dire que son « comportement alimentaire » s'était récemment amélioré… mais elle ne réussit à placer un mot. Elle se demanda si la nutritionniste était au courant de son hospitalisation « ratée », raison de sa venue dans ce cabinet oppressant.

Deux coups secs retentirent. La nutritionniste leva des yeux effarés et de sa voix aigue elle cria à la personne – un certain André – d'entrer. Un garçon fluet fit son apparition. Il semblait ne pas avoir plus de quatorze ans. La doctoresse lui demanda impatiemment ce qui se passait. Le dénommé André murmura que « Rose ne voulait pas dormir ». La nutritionniste leva les yeux au ciel et pria Rochelle de l'excuser. Elle sortit maladroitement du cabinet, comme si son tailleur la gênait dans ses mouvements. Le garçon salua Rochelle et engagea la conversation.

Il lui expliqua que la dame était sa mère et qu'ils habitaient la maison voisine. Rose était sa petite sœur, un bébé de quelques mois. Il en avait la responsabilité lorsque sa mère travaillait et qu'il n'allait pas au collège. Sans aucune transition il demanda à Rochelle si elle était « elle-aussi » anorexique. La jeune fille acquiesça. Elle se fit la remarque qu'elle n'avait jamais rencontré de garçon anorexique auparavant. André commença à lui conter son histoire. Il lui dit qu'il était presque guéri parce qu'il avait été pris en charge assez rapidement. Mais Rochelle perçut quelque chose d'étrange dans le ton de sa voix. André finit par lui avouer que sa mère – la nutritionniste – ne s'était même pas aperçue qu'il allait mal. En fait il avait refusé de se faire suivre par elle. Rochelle comprit qu'il souffrait d'un manque d'attention.

André chuchota comme s'il avait peur d'être entendu : « *Depuis trois mois, date où ma mère a appris que j'étais anorexique, je n'ai plus le droit de sortir de chez moi. Elle a peur que je tombe plus bas encore. Elle ne comprend pas que j'ai besoin de sortir, moi aussi, comme n'importe quel garçon de mon âge ! J'aime bien m'occuper de Rose, elle est vraiment adorable... mais je ne suis pas son père et n'ai que seize ans ! Rose ne me suffit pas !* ».

Rochelle se risqua à demander ce que pensait son père de cette situation. André resta un moment sans voix puis il avoua que son père était parti avec sa maîtresse deux jours après la naissance de sa petite sœur. Sa mère en avait énormément pâti. De la femme ouverte et gaie qu'elle était, elle était devenue aigrie. Puis il s'arrêta, en proie à ses souvenirs.

Des pas pressés se firent entendre dans le couloir qui menait au cabinet. La nutritionniste revenait. André, entendant sa mère approcher, tendit à Rochelle un papier où il avait inscrit son numéro de téléphone. Il lui dit qu'elle pouvait l'appeler de quinze heures à dix-huit heures, le mercredi. Il était seul chez lui avec sa petite sœur et cela lui ferait très plaisir de ne pas être tout à fait isolé... Rochelle empocha le papier : André était vraiment un drôle de garçon ! La nutritionniste entra dans la pièce, essuyant ses binocles pourtant nickelles. Elle déclara à son fils d'un ton sec que la petite était endormie et qu'il devait retourner chez eux faire ses leçons.

Le médecin reprit ses notes et s'adressa à Rochelle, lui laissant enfin le temps de s'exprimer à son tour. Pour finir elle ne tint pas compte des déclarations de la jeune fille et lui proposa un régime particulier qu'elle devrait suivre « à la lettre ». Elle fit rapidement sortir Rochelle pour passer à la patiente suivante comme s'il s'agissait d'un travail à la chaîne. Rochelle prit le parti d'appeler André de temps en temps et de se faire suivre par quelqu'un d'autre.

***

Une jardinière de légumes. Un yaourt maigre. Une pomme. La jeune fille regardait son plateau avec nervosité. Devait-elle manger l'intégralité de ces aliments ? Combien de calories contenaient-ils ? Elle piocha quelques haricots, deux ou trois carottes. Avala une cuiller de yaourt… Cacha sa pomme au fond de son sac… Et alla débarrasser son plateau, honteuse d'avoir tellement mangé, honteuse de ne pas voir la réalité, honteuse de ne pas réussir à être lucide… honteuse d'être lucide et de ne pouvoir agir en conséquence. Une nouvelle fois Rochelle se dit que cela ne pouvait plus durer. Une nouvelle fois elle se dit qu'elle aller planifier tous ses repas, qu'elle allait s'en tenir à ses régimes, qu'elle ne ferait plus de crise et qu'elle mangerait au minimum un plat par jour. Mais malgré toute sa bonne volonté, elle n'y croyait plus. Ces « plans » pour éviter les hospitalisations, ces plans pour aller mieux… elle était consciente qu'ils ne dureraient pas deux jours.

***

Les larmes de Rochelle coulaient sans pouvoir s'arrêter. Des sanglots rauques sortaient de sa gorge nouée. Machinalement elle passait sa main sur ses joues. Elle entoura ses genoux de ses bras maigres et posa sa tête sur le rebord de la baignoire. Recroquevillée sur le tapis de la salle de bains, la jeune fille avait la tête ailleurs, les pensées tournées vers Daure.

Si elle, Rochelle, était encore dans l'incapacité de vaincre sa maladie, elle avait accepté l'idée de vivre avec et avait pris la décision de ne plus s'apitoyer sur son sort… Mais elle ne parvenait pas à en faire autant pour son amie. La voir se renfermer de jour en jour, flotter toujours un peu plus dans ses pantalons, ne plus répondre à ses messages, ne plus se maquiller... Rochelle ne le supportait pas. Daure était son plus fidèle soutien. La voir s'enfoncer dans sa maladie l'insupportait. Elle avait mal pour elle. Elle se sentait impuissante, inutile.

A ce moment-là elle comprit ce que pouvaient vivre ses proches. Elle s'était déjà demandée comment Daure réagirait si jamais elle mettait fin à ses jours... Jamais elle ne s'était posé la question inverse. Rochelle sentit ses mains trembler. Jamais elle ne pourrait vivre sans Daure. Elle était la seule qui avait su déchiffrer ses attitudes, ne pas se moquer d'elle ou la blâmer quant elle avait des inquiétudes vis-à-vis de son poids ou lorsqu'elle se privait de tarte aux pommes afin de perdre quelques grammes.

A cet instant Rochelle eut le regard voilé par une image qu'elle ne parvint à chasser : le corps inerte de Daure, sans vie. Paniquée elle se leva et courut jusqu'à son bureau. Elle alluma son ordinateur et se connecta directement à sa messagerie. Daure ne lui avait pas écrit. Rochelle alla chercher son portable. Aucun signe de son amie. Elle l'appela mais Daure ne décrochait pas... Prostrée devant son écran blanc, la jeune fille attendit, attendit et attendit encore, des heures durant, la moindre nouvelle de Daure. A chaque message qu'elle recevait, une lueur d'espoir s'allumait dans ses yeux... mais ce soir-là, aucun ne fut celui tant attendu.

Le lendemain Rochelle fut la première à arriver au lycée. Elle patienta nerveusement devant la salle de cours jusqu'à ce que la sonnerie retentisse. Tous les élèves de la classe étaient présents... tous, sauf Daure. Rochelle avala péniblement sa salive. Elle imaginait déjà le proviseur dans un costume sombre qui viendrait leur annoncer le tragique suicide de Daure.

A contrecœur elle suivit ses camarades dans la salle de littérature. Elle fit part de ses inquiétudes à Elsa mais celle-ci la rassura en disant que Daure devait avoir eu un empêchement. Rochelle suscita l'avis de Myriam mais celle-ci ne comprit pas pourquoi l'absence de Daure perturbait tellement son amie. Elle se mit à rire, sans aucune considération pour les peurs de Rochelle.

Le premier quart d'heure de cours sembla à Rochelle être une éternité. Elle ressentait chaque seconde qui passait, fixait sa montre sans pouvoir s'en détacher. A la seizième minute exactement, elle ne put supporter le ton monotone de sa professeure. Elle se leva et quitta la pièce en vitesse. Elle pensa à raison que ses camarades de classe croiraient qu'elle était malade. Laure sortit de la salle pour voir comment elle allait. Rochelle tremblait de tous ses membres et avait les larmes aux yeux.

Mais au fond du couloir, d'un pas incertain… Daure arrivait. Rochelle marcha jusqu'à elle et la prit dans ses bras, la serrant de toutes ses forces, pleurant de tout son soûl. Laure et Daure se regardaient sans saisir la raison d'être du comportement de Rochelle ; laquelle murmura à l'oreille de Daure combien elle avait eu peur pour elle. La regardant au fond des yeux, Daure lut le désespoir de son amie. Elle sécha ses larmes en la rassurant. Elle allait bien. Si elle était en retard ce matin, c'était parce qu'elle n'avait pas entendu son réveil sonner.

Rochelle se sentit ridicule. Elle remarqua que son angoisse de perdre Daure avait pris une importance démesurée. Ne pas recevoir de nouvelles de quelqu'un le temps d'un soir était quelque chose de banal pour n'importe qui. Pour une jeune fille anorexique sur le fil du rasoir, être dans l'incertitude quant au devenir d'une autre jeune fille dans le même cas était quelque chose de très éprouvant. Autant demander à une mère de confier son enfant à un couple de tortionnaires durant tout un week-end. La comparaison peut sembler étrange, dépourvue de tout lien avec la situation vécue par Rochelle, mais elle est pourtant représentative de l'impression ressentie par la jeune fille ce soir-là.

Rochelle, au lendemain de cette angoissante journée, fut joyeuse sans cause apparente. Laure lui répondait avec beaucoup de gentillesse, Elsa ne cessait de rire, le cours d'histoire l'intéressait… elle ne savait pas pourquoi elle était si bien mais elle ne s'en plaignait pas. Ce jour lui parut une merveilleuse bouffée d'air frais. Il lui donna l'envie de retrouver une alimentation équilibrée, loin des obsessions de minceur, loin de l'euphorie provoquée par la perte de poids ou loin de la tristesse des périodes suivant les crises. Ce jour-là Rochelle put exercer les mêmes activités que ses amies, partager leurs conversations et intervenir en cours. Elle réussit même à se concentrer sur son devoir d'espagnol auquel elle espérait avoir une excellente note. Le repas du midi lui-même ne réussit pas à la perturber. Elle mangea la moitié de son plat et un dessert sans culpabiliser... La jeune fille espérait que cet état de joie intérieure allait durer. Elle rêva d'aimer autant chaque jour à venir, de toujours pouvoir regarder avec les mêmes yeux la nature qui l'entourait, les gens avec qui elle vivait au quotidien, toutes les beautés, tous les petits plaisirs qui font de la vie quelque chose d'extraordinaire. Depuis longtemps elle ne faisait plus attention à ces mille et uns petits bonheurs...

***

Daure et Rochelle croquaient dans leur éternelle pomme. Tibo s'était joint à eux. Tous trois parlaient gaiement de choses diverses et variées. Un garçon se posta en face d'eux, un énorme sandwich à la main. Les deux amies cessèrent de parler en même temps, leurs regards fusillant l'inconnu. Puis elles se mirent à rire jusqu'aux larmes. Tibo riait avec elles mais ne comprenait pas la raison de cette joyeuse saute d'humeur. Rochelle commençait à accepter l'idée qu'elle pouvait plaisanter au sujet de son anorexie afin de la rendre plus supportable. Bien sûr cet humour était un humour noir et le rire des jeunes filles était plutôt jaune... mais faire de la dérision les soulageait.

***

Elle mangeait tout ce qu'il y avait sur son plateau. Elle ne se faisait pas rendre. Le soir elle prenait un repas équilibré avant de monter dans sa chambre où – après avoir écrit un message à Daure où elle s'avouait satisfaite de son alimentation de la journée – elle s'allongeait sur son lit et lisait calmement La Peste d'Albert Camus… récit qu'elle n'avait toujours pas terminé.

***

Sensation oubliée. Sensation retrouvée. Impression de légèreté… euphorie. Rochelle avait cru qu'elle pouvait se passer de ce sentiment. Elle avait tenu une semaine et demie. Dix jours qui lui avaient paru une éternité. Dix jours à essayer de manger correctement, comme n'importe qui… Dix jours à ingurgiter en quantités « dites normales » toutes sortes d'aliments. Dix jours coupés sans aucune crise. Dix jours où elle se sentit terriblement lourde, où elle eut l'impression de devoir porter le poids d'un corps démesurément gros. Cependant, malgré ces difficultés, Rochelle se croyait toujours capable de surmonter tous ces désagréments… si on peut appeler ces sensations insupportables « désagréments ». Elle avait retrouvé un cycle de sommeil plus adapté à ses besoins. Elle réussissait à dormir plus de cinq heures par nuit, ce qui était pour elle considérable. Elle sentait que sa fatigue corporelle avait diminué, ainsi que – dans une moindre mesure – son épuisement psychique. Elle pouvait à nouveau rire, parler et suivre les cours de façon plus attentive. Son quotidien n'était plus fait d'automatismes. Elle commençait à reprendre une vie plus équilibrée, plus joyeuse… Pour elle ses problèmes de comportement alimentaire étaient sur le point de se résoudre. Alors elle finit par manger sans compter. Ce n'étaient plus des crises de boulimie mais bel et bien du grignotage en dehors des repas. Elle se disait qu'à la vue de son poids elle pouvait se le permettre.

Et un jour, sans savoir pourquoi, elle remonta sur la balance…

52,1 kg. Horrifiée, le souffle court, elle ne put s'asseoir. Elle avait pris deux kilos en deux semaines. Certes elle n'était pas encore au poids minimal conseillé pour sa taille mais elle se dit que si elle continuait ainsi, elle finirait obèse. Elle fit un bref calcul et nota qu'il lui faudrait moins de trois mois pour prendre dix kilos… Effarée, elle décida de remédier à cet effroyable problème. Elle s'était jurée de ne pas prendre plus de cinq cents grammes par semaine, et ce jusqu'à ce qu'elle atteigne cinquante-cinq kilos. Il fallait absolument qu'elle perde deux kilos en trois jours. Pour tenir ces trois jours de restrictions sans céder elle engloutit un paquet de gaufrettes pralinées... ce qui fit redoubler son angoisse et son envie de perdre ce poids trop encombrant.

Les mains tremblantes, Rochelle craqua une allumette. Elle inspira profondément et le bout de la cigarette se teint d'une jolie couleur ambre. Rochelle recracha la fumée avec une moue dégoûtée. Cela faisait un moment qu'elle n'avait pas fumé et ce goût qu'elle trouvait si agréable auparavant lui semblait maintenant infect. Pourtant elle se força à finir ce « bâton de mort », comme l'appelaient ses parents. Tout son corps tremblait. Toujours est-il que lorsqu'elle éteignit sa cigarette, elle ressentit un mieux-être impressionnant. Elle eut même l'envie d'en allumer une seconde mais n'en eut pas la force. Epuisée, elle eut du mal à se traîner jusqu'à son lit où, étrangement, elle ne parvint à trouver le sommeil. La nuit lui sembla interminable.

Finalement une nouvelle matinée, d'une nouvelle semaine, pointa le bout de son nez... Lundi matin. Comme tous les lundi, Rochelle se fit la réflexion que cette fois encore elle s'en était sortie. Elle se demandait combien de temps cela allait durer. Puis elle retrouvait ses amis, les cours, la vie entraînante de tout lycéen et elle ne se posait plus de questions jusqu'au soir. Et le soir elle essayait de se plonger dans ses leçons. Quant elle n'y arrivait pas elle téléphonait à Daure, histoire de tenir jusqu'au lendemain.

***

Rochelle claquait des dents. Le surveillant avait arrêté la file juste devant elle. Avec amertume la jeune fille avait vu ses camarades se diriger vers le self. Pour sa part elle devrait encore attendre le bon vouloir du pion. Le regardant avec un air de chien battu, elle le supplia de la laisser passer. Elle avait froid. Etait gelée. Ne sentait plus son corps. L'homme lui rétorqua qu'elle pouvait bien patienter quelques instants et que de toute façon le froid faisait perdre des calories… Cette dernière phrase la cloua sur place. Ses frissons cessèrent un moment. Elle resta abasourdie. Pourquoi le surveillant lui avait-il dit ça ? Etait-ce ironique ? Etait-ce une plaisanterie sans aucun lien avec son anorexie ? Avait-elle repris du poids malgré toutes les restrictions ? D'un air inquiet la jeune fille passa ses doigts engourdis sur son visage. Dans le doute elle quitta la file d'attente du self. Le jeune homme prit cela pour lui et lui cria de revenir, qu'elle pouvait passer maintenant. Il était trop tard. Le mal était fait : Rochelle ne mangerait pas ce midi là…

Peu lui importait. Elle sortit un paquet de cigarettes de sa poche et alluma l'extrémité de l'une d'entre elles. Au fil des jours Rochelle sentait qu'elle augmentait sa consommation de tabac. Elle se rendait aussi compte qu'elle aimait de plus en plus son goût. Elle gardait longtemps la fumée dans ses poumons et la recrachait en faisant des petits ronds les uns à la suite des autres, ce qu'elle trouvait particulièrement drôle.

Les cigarettes avaient de plus l'avantage d'occuper le temps libre. Et ce jour elles la firent patienter une heure, deux peut-être. Le temps d'attendre le reste de sa classe en tout cas… Car ce jeudi-là une sortie au musée était organisée avec l'ensemble des ses camarades.

Rochelle avait d'abord pensé ne pas s'y rendre puis elle s'était dit que cela pourrait lui changer les idées. En outre si cela ne lui plaisait pas elle n'était pas tenue d'y rester. C'est ainsi qu'elle rejoignit les autres élèves et qu'elle entra avec eux dans le long bâtiment. Cela faisait pour ainsi dire deux mois que Rochelle ne s'était pas rendue dans un musée et, sans qu'elle s'en rende forcément compte, cela lui avait beaucoup manqué.

Les tableaux de la « galerie d'honneur du mois » étaient ceux du peintre surréaliste Laloy. Dès la première œuvre la jeune fille fut captivée par l'agencement peu commun des couleurs. En avançant dans l'exposition, elle fut prise de stupéfaction devant les formes employées et les jeux de mots utilisés en guise de titres. Certains d'entre eux la firent rire aux éclats. Rochelle ne voyait pas le temps passer. Elle se sentait bien. Elle n'avait aucune idée de l'endroit où se trouvait le reste de sa classe, ni même du lieu où elle se trouvait. Elle était prise par ces tableaux qui semblaient être de lointains pays au sein desquels elle se sentait bien. Réellement bien. Elle se laissait porter par ces lignes courbes, par ce noir lumineux et ce sombre blanc. L'œuvre qui suscita sa préférence était une toile nommée « *Homme âge à Dante* ». Elle ne trouva pas le jeu de mot spécialement intéressant mais contrairement à la plupart des spectateurs, elle se laissa de suite bercer par les teintes du tableau. Rochelle ne s'y connaissait pas vraiment en peinture, mais elle n'avait pas besoin de savoir comment l'artiste avait procédé lors de la création de son œuvre pour l'apprécier. Plus que ça : l'aimer. Ces animaux étranges semblaient lui parler. Les couleurs reflétaient son esprit, dans les bons moments comme dans les plus durs. Dual. Voilà le mot qu'elle cherchait depuis qu'elle était tombée en admiration devant cette toile. Dual. Le tableau exprimait autant de joie que de tristesse, autant de lucidité que d'énigmes. Elle ne pouvait l'expliquer. Elle pensa qu'elle devait être la seule personne qui avait regardé l'œuvre si longtemps. Peu à peu elle réussit pourtant à s'en détacher.

Elle remonta lentement le long de la galerie, les yeux grands ouverts, comme si elle craignait d'en perdre la plus infime partie. Puis elle se dirigea vers une autre salle dédiée à la peinture du XVIème siècle. Son œil fut de suite attiré par un tableau, sans doute le plus connu du musée : « Le Nouveau-né » de Georges de La Tour. La scène représentait deux femmes et un enfant. Le jeu de la lumière diffusée par une bougie dissimulée, le clair-obscur, les tons chauds, le visage de l'enfant… Rochelle était comme absorbée par la chaleur qui semblait se dégager de l'œuvre. Elle savait que Georges de La Tour avait été l'un des premiers à représenter un aussi petit être et elle était fascinée par la façon dont il avait joué de ses pinceaux. Comment donc avait-il fait pour donner une telle impression de réalité ? On aurait presque dit une photographie ! Rochelle eut la soudaine envie de toucher le tableau comme si, en sentant la toile sous ses doigts, elle aurait la possibilité d'y entrer plus encore. Elle se sentait si bien, en totale harmonie avec elle-même… loin de ses soucis quotidiens.

Aux côtés du « Nouveau-né » se trouvait un tableau représentant une coupe d'abricots au velouté fort appétissant. Rochelle examina, interrogative, ces quelques fruits. Puis elle partit d'un grand éclat de rire : au milieu des abricots trônait une branche de pommier ! Une guide s'approcha d'elle et lui déclara d'un ton posé que le peintre avait voulu faire passer l'idée du péché originel. Rochelle remercia la dame et s'en retourna à *son* « Nouveau-né » dans lequel elle voyait la douceur et la sérénité.

Quelques instants plus tard – elle ne saurait dire combien de temps exactement – elle sentit une main se poser sur son épaule : « *On ferme mademoiselle.* ». Ce fut à contrecœur que la jeune fille dû se séparer de l'enfant. Avant de sortir elle décida de repasser par la galerie des œuvres surréalistes, histoire de pouvoir admirer une dernière fois le fascinant tableau de Laloy. La femme qui lui avait adressé la parole lui sourit et lui fit signe d'approcher. Elle avait vu la façon dont Rochelle regardait les œuvres et avait senti qu'elle n'était pas une spectatrice comme les autres. C'est sans doute ce qui la poussa à lui offrir le livre du musée. Celui qui reprenait toutes les œuvres…

Rochelle accepta et remercia vivement la gardienne. En sortant, le cœur apaisé, elle se dit que se rendre au musée était *vital* pour elle et qu'il était nécessaire qu'elle y retourne sans trop tarder.

***

Le soir de la visite Rochelle voulut elle-aussi s'adonner à l'art… à sa manière. Elle enfila une jupe « taille douze ans » ainsi que son pull moulant et se détacha les cheveux. Elle se coucha sur son lit en position fœtale, position dans laquelle elle se sentait en sécurité, loin de tout. Elle appela son petit frère et lui demanda sans la moindre explication de la prendre en photo. Natanaël s'exécuta en riant. Rochelle le remercia et le chassa de sa chambre, son domaine.

Elle voulait garder un « souvenir ». Elle savait qu'elle ne se voyait pas telle qu'elle était réellement. Dans quelques années cette photographie pourrait peut-être lui fournir la preuve de son actuelle maigreur.

    Néanmoins depuis quelques jours Rochelle se sentait plus seule encore. Daure semblait aller beaucoup mieux. Elle ne lui envoyait plus de messages, ne lui parlait pour ainsi dire plus et même ses regards étaient devenus fuyants. Rochelle lui avait demandé si le fait qu'elle lui écrive des e-mails où elle exprimait toute sa douleur la gênait... ce à quoi Daure avait répondu que Rochelle pouvait continuer à lui écrire tant qu'elle le souhaitait, tout en sachant qu'elle ne lui répondrait que rarement. Rochelle avait acquiescé. Elle comprenait parfaitement que – allant mieux – Daure ne souhaitait plus entendre parler de ces problèmes qui l'avaient tant fait souffrir. Mais la jeune fille ne pouvait s'empêcher d'écrire à Daure, de lui hurler son mal être. Elle avait besoin de cela presque autant qu'elle avait besoin de nourriture lors d'une crise. Ecrire à Daure était parfois la seule chose qui la retenait au monde réel. Son amie était pour elle une précieuse confidente, une sorte de soupape de sécurité, quelqu'un à qui on pouvait tout dire sans peur d'être jugé... Et si elle avait souvent la frayeur tenace de gêner Daure, elle pouvait aussi quelques fois sentir qu'elle lui était utile, que son amie nécessitait elle-aussi sa présence... Rochelle se souvenait de ce jour où Daure lui avait dit que c'était elle, Rochelle, qui la maintenait en vie... Un sourire se dessina sur ses lèvres en même temps qu'une larme salée chemina sur sa joue.

    Mais si les deux jeunes filles avaient un moment été très proches, Daure n'avait plus besoin de Rochelle aujourd'hui. Rochelle devait désormais affronter seule le dur quotidien imposé par la maladie. Elle écrivait à un fantôme qui ne lui répondrait pas et qu'elle avait peur de blesser par des mots trop durs. Peu à peu Rochelle fermait à nouveau sa coquille à la lumière du jour, ne laissant filtrer que le peu d'air qui lui était nécessaire afin de maintenir son enveloppe corporelle en vie.

    Ce que Rochelle ne savait pas c'était que si Daure refusait de parler de sa maladie, ce n'était pas parce qu'elle en était sortie.

Cela faisait trois ans qu'elle vivait avec ses problèmes et elle n'en pouvait plus. Elle se taisait, faisait « comme si de rien n'était » pour supporter ce quotidien tellement douloureux. Elle faisait comme si elle était guérie, faisait comme si la maladie était loin désormais, comme si… comme si elle avait repris sa vie « d'avant », sa vie de fillette insouciante et heureuse comme une fleur au soleil… Faire « comme si » était plus facile pour elle. Un jour elle avait écrit un bref message à Rochelle. Une phrase célèbre… une phrase qui en disait long : « *Tant qu'il y a de la vie, il y a de l'espoir* ». Selon elle ce proverbe devait prendre le dessus sur tous les autres. Mais pour Rochelle il sonnait faux. « *Tant qu'il y a de la vie, il y a de l'espoir* »… mais qu'en est-il lorsqu'il n'y a que de la survie ?

Chapitre IV

Laure, Elsa, Myriam et Rochelle s'étaient donné rendez-vous au portail du lycée. Les listes étaient affichées depuis la veille au soir mais les jeunes filles avaient résisté à l'envie d'aller y jeter un coup d'œil préalablement. Elles s'étaient promis qu'elles iraient voir toutes quatre en même temps leurs résultats.

Quand elles arrivèrent au lieu de l'affichage elles virent une foule d'élèves « collée » au tableau. Laure soupira et fonça tête baissée, comme au milieu d'une mêlée de rugby, ce qui fit rire Elsa. Elsa n'avait pas trop à s'en faire, c'était une excellente élève. Pas comme Myriam, qui se mordait les lèvres de peur de ne pas obtenir le fameux diplôme. Rochelle, elle, ne pipait mot. Si elle n'avait pas son bac ce serait à cause de sa foutue maladie.

L'ambiance tendue qui régnait autour des jeunes filles ne faisait qu'accentuer leur impatience. Enfin Laure pointa à nouveau le bout de son nez, triomphale. « Je l'ai ! ». Myriam la félicita sans trop l'écouter, préoccupée de savoir si elle était elle-aussi bachelière. Laure fit un clin d'œil à ses amies. « Et vous aussi ! Ca y est, on a réussi les filles ! ». Les quatre amies hurlèrent de joie, se serrèrent dans leurs bras et sautèrent comme des puces au milieu de ce lycée où elles avaient vécu tant de choses et qu'elles devaient maintenant quitter pour se lancer dans leurs vies respectives, traçant chacune son chemin...

Rochelle ne savait plus où elle était. Jamais elle n'aurait pensé obtenir son diplôme. Elle avait eu l'impression de rater la majeure partie des épreuves. Dans son for intérieur elle remercia le hibou et alla rejoindre ses amies qui avaient décidé de fêter leurs réussites dans un café.

D'un regard circulaire Rochelle embrassa ce lycée qu'elle avait tellement haï... et tellement apprécié pour tout ce qu'il lui avait apporté de rencontres, de connaissances, de joies et de peines. Ce lycée l'avait fait grandir, progresser. Elle lui en était reconnaissante. Laissant là ses souvenirs et les derniers élèves qui arrivaient morts de trouille devant la liste des reçus, elle rejoignit ses amies.

A la sortie du lycée elle croisa Daure. La jeune fille arrivait avec deux de ses amies. Rochelle ne se faisait pas trop de soucis pour elle. Malgré son anorexie Daure avait toujours maintenu une moyenne élevée. Rochelle l'informa de son résultat positif et lui souhaita bonne chance… plus pour ce qu'elle devrait affronter pendant les vacances que pour l'obtention du diplôme. Avant de se quitter les deux camarades se promirent de continuer à se voir régulièrement et de s'entraider mutuellement lorsqu'elles en éprouveraient le besoin.

***

Rochelle pleurait. Pleurait toutes les larmes de son corps mais pleurait de joie cette fois.

Il y avait deux ans de cela elle avait fait une rencontre inopinée chez une de ses amies. Un jeune égyptien – cousin de cette amie – était en vacances en France pour deux semaines. Rochelle et lui s'étaient de suite entendus à merveille, comme s'ils se connaissaient depuis toujours. Ils s'étaient vus chaque jour et son départ avait été pour Rochelle un moment assez douloureux.

Après le retour d'Imam en Egypte, les deux jeunes gens avaient commencé à s'écrire régulièrement. Rochelle avait juré à son ami qu'un jour futur elle viendrait lui rendre visite chez lui, à Louxor. Mais ses petites économies s'étaient rapidement épuisées sous le nombre croissant de ses crises de boulimie fort coûteuses. Rochelle avait perdu tout espoir de revoir un jour son ami égyptien.

Mais voici qu'elle venait de fêter son dix-huitième anniversaire et que ses parents avaient décidé d'un commun accord de lui payer les billets d'avion afin qu'elle puisse se rendre en

Egypte. Rien ne pouvait faire plus plaisir à Rochelle que ce cadeau. Dans un élan de tendresse elle avait serré ses parents tout contre son cœur et les avait remercié et remercié encore...

Dix-huit ans. Un voyage en Egypte. Le bac en poche. Une nouvelle page de son histoire s'ouvrait à elle. Ses crises s'étaient espacées et cela faisait deux semaines qu'elle parvenait à les réduire au nombre d'une tous les trois jours, ce qui était difficile mais aussi source de fierté pour elle. Elle s'en sortirait très prochainement. Cet avenir qu'elle s'était si longtemps refusé, elle pouvait le sentir maintenant ; le sentir proche, tellement accessible... Elle irait en Egypte et elle en reviendrait changée, guérie à jamais. Elle en était certaine.

***

Encore trois semaines et ce serait le départ ! Rochelle allait décoller à Paris et atterrir dans la ville de Louxor. Ce qui lui plaisait, s'était aussi le fait de ne pas être touriste au milieu des touristes mais de se différencier de cette masse informe qu'elle trouvait abjecte. Elle, elle ne ressemblerait pas à ces « photos-casquettes-lunettes-crème à bronzer ». Elle, elle vivrait avec Imam au sein même de la culture égyptienne, au rythme des coutumes locales, se mêlant à la vie du pays sans imposer sa présence, sa culture européenne.

***

Rochelle s'envola haut, très haut. L'avion s'était arraché au sol, l'emmenant loin de ses soucis, de cette société qu'elle n'arrivait pas à affronter. Lorsqu'enfin elle atterrit au milieu des dunes de sable jaune, elle ressentit un dépaysement total. Les gens, cette langue chantante qu'elle ne saisissait pas, ce paysage hors du commun, cette musique envoûtante... tout lui plaisait. Le jour de son arrivée fut sans aucun doute l'un des plus beaux de sa vie. Toute la famille d'Imam était venue l'accueillir à l'aéroport de Louxor, minuscule point au milieu d'un désert de sable jaune or.

Rochelle se jeta dans les bras de son ami sous les chants de bienvenu de la famille. Imam lui montra le moyen de locomotion le plus courant de son pays : un petit âne gris auquel était attelée une charrette en bois. Rochelle se hissa sur celle-ci, sa main dans la main d'Imam. Elle ne parlait pas un mot d'arabe mais son ami manipulait le français avec facilité et se chargeait de traduire chacune de ses phrases à sa famille. C'est d'ailleurs par ce biais que Rochelle se lia d'amitié avec la mère du jeune homme, une forte femme attentive à ses moindres désirs.

Rochelle ouvrait de grands yeux émerveillés. Imam venait de lui annoncer le programme envisagé pour les dix jours qu'elle passerait chez lui. Il souhaitait lui faire découvrir tous les recoins de l'Egypte, des pyramides aux temples en passant par la ville du Caire ou encore par les endroits connus des seuls habitants de la région. Des étoiles plein la vue, Rochelle accepta la proposition. Elle se demandait toutefois comment ils feraient pour sillonner l'Egypte. Imam lui avoua alors qu'il emprunterait la voiture de son voisin, une machine sans freins ni rétroviseurs mais avec l'avantage de deux avertisseurs sonores… Rochelle leva les yeux au ciel devant l'aveu de son ami et se mit à rire : jamais en France on oserait voyager avec tel engin et c'était ce qui lui plaisait ici. Rien n'était problématique, à chaque souci on trouvait solution. Rochelle comprit alors que malgré la pauvreté les égyptiens étaient sans aucun doute plus heureux que la plupart des européens. Ils vivaient plus proches les uns des autres et, si l'individualisme existait, il restait chose peu courante. A ce moment là Rochelle fut persuadée qu'elle n'était pas faite pour vivre en France mais bel et bien dans un pays comme l'Egypte. Un changement de vie aussi important que celui-ci, un confort autre, des habitudes différentes ne semblaient pas l'effrayer. Seule la pensée de ses proches restés « là-bas » la retenait au pays de son enfance, celui dans lequel elle avait toujours vécu.

***

Durant une semaine Rochelle goûta aux plaisirs de la vie égyptienne, sillonnant tout le pays. Son ami l'emmena admirer les pyramides et autres lieux touristiques... mais ils se rendirent aussi dans de multiples recoins inconnus des agences de voyage et pourtant tout aussi splendides.

L'une des dernières visites des deux compagnons fut celle d'Abou Simbel. Le sable chaud brûlait sous les pieds blancs de Rochelle. Devant elle les immenses statues de Ramsès II brillaient de mille feux. Rochelle n'osait entrer dans le temple. Aux pieds de ce géant, elle se sentait minuscule. Elle réprima une folle envie de grimper sur les statues mais ne put s'empêcher d'aller caresser la pierre du plat de la main. Imam, qui ne s'était jamais rendu dans ces lieux, était tout aussi impressionné. Le spectacle de l'émotion de son amie devant cette architecture fabuleuse lui faisait presque monter les larmes aux yeux. Le gardien du temple – un homme moustachu en représentation dans de nombreux manuels scolaires européens – les regardait sans broncher. Sa peau, abîmée par l'âge et le soleil, formait comme un sourire sur son large front.

Les touristes commençaient à affluer de toutes parts. Rochelle se décida enfin à entrer dans le lieu sacré. Elle avait l'impression d'être revenue au temps des pharaons. Elle n'osait parler de peur de nuire au spectacle. La jeune fille était en admiration devant les peintures aux couleurs demeurées vives malgré le poids des années. Leur finesse, leur perspective, leurs significations... Rochelle aimait découvrir l'histoire de l'art, rentrer au sein du passé de ces peintures, imaginer les hommes qui avaient donné vie à ces œuvres... Rochelle était une grande rêveuse et son souhait le plus fou aurait été de pouvoir se transporter à chaque période importante de l'histoire.

Imam sortit son amie de sa douce rêverie. D'un geste de la main il lui montra un bébé crocodile exposé à la foule par un adolescent nubien. Voir ce petit animal en laisse fit mal au cœur sensible de la jeune fille. Le bébé à la peau écailleuse semblait regarder le Nil avec regret. Rochelle demanda ce que les hommes du village en feraient lorsqu'il aurait atteint sa taille définitive... Serrant Rochelle dans ses bras, Imam préféra occulter la question.

***

Imam fit brusquement irruption dans la pièce. Rochelle essayait une galabiah beige qu'elle trouvait ravissante. Yahia – la petite sœur d'Imam – applaudissait des deux mains en la regardant et Rochelle ne se faisait pas prier pour jouer les clowns devant la fillette. Imam rit avec elles et s'excusa de devoir arrêter le défilé. Il était l'heure d'aller chercher le billet de retour. L'avion décollerait dans deux jours, à cinq heures du matin.

Rochelle se décomposa sous l'effet de cette nouvelle. Il lui semblait que son départ n'était pas si proche dans le temps. « L'appel de la France » lui parut extrêmement angoissant. Imam s'en aperçut et la serra dans ses bras bruns. « *Nous nous reverrons, mon amie. Je me débrouillerai pour revenir en France très bientôt, nous nous reverrons... Belle gazelle, ne pleure pas... Je n'aime pas te savoir triste. Sèche tes larmes et viens danser avec nous.* »

Rochelle ne voulait pas attrister son ami. Elle souhaitait profiter du temps qui restait à passer avec lui, ne pas gâcher deux jours de bonheur par la simple idée de son retour... Mais elle ne put s'empêcher de penser à tout ce qui l'attendait en Europe et même si ces derniers jours furent une suite de moments inoubliables, ils furent tâchés d'une ombre contre laquelle elle ne put lutter.

***

Le bruit des voitures résonnait sans discontinuer. L'odeur de la pollution atmosphérique lui donnait des nausées. Rochelle ressentit un besoin subit d'un peu d'air frais, de lumière, de chaleur auxquels elle pourrait se raccrocher. Mais tout autour d'elle était sombre et gris. Personne ne devinait son malaise, et si quelqu'un s'en était aperçu alors il ne lui avait pas semblé bon intervenir.

Pour la cinquième fois depuis sa sortie de l'avion, la jeune fille regarda sa montre. Encore trois heures avant de s'envoler direction « chez elle ». Traînant son sac à bouts de bras, pleine encore des images d'un pays dont elle était tout de suite tombée sous le charme, Rochelle se dirigea vers un parc qui aurait pu être agréable au regard s'il n'était pas envahi par toutes sortes de mauvaises herbes. Elle s'assit dans un coin, sous un vieil arbre au tronc épais. Elle leva les yeux et vit de lourds nuages approcher. Elle se recroquevilla sur elle-même et posa sa tête sur ses genoux, attendant l'heure où elle devrait se mettre en route vers l'aéroport. Elle imaginait déjà sa famille, présente au grand complet, qui la presserait de questions.

Du calme. La seule chose qu'elle souhaitait, c'était du calme. Un silence absolu, loin de tous ces bruits étouffants. Les rires de Yahia et d'Imam s'éloignaient déjà…

Alors qu'elle s'assoupissait, essayant de ne prêter qu'une attention relative au monde extérieur, un bruit la sortit de son hypothétique sommeil. Un bruit étrangement familier sur lequel elle n'arrivait pas, étrangement, à mettre un nom. Elle leva les yeux, cherchant un indice qui lui indiquerait quel était ce son sourd. Et soudain, dans un sursaut de frayeur, elle comprit. Devant elle, comme coupé en deux, penché sur un buisson, un ivrogne rendait. Rochelle se leva et serra son sac tout contre elle. Elle voulut courir mais ses jambes refusaient de la porter. Le temps d'un éclair tout lui était revenu. Tout ce qu'elle croyait avoir oublié. Tout ce qui, durant ce voyage de rêve, lui avait semblé être loin, si loin d'elle-même… tout était à nouveau présent à sa mémoire. Et cet homme au visage rougeaud, là devant elle, cet homme qui n'en finissait pas de cracher ses tripes et de rendre, cet homme-là était pour elle l'incarnation même de cette maladie dont elle croyait s'être sortie… Cet homme l'effrayait.

Des sanglots pleins la gorge, les yeux remplis de larmes, les jambes en coton, Rochelle parvint à effectuer quelques pas vers la grille du parc. Son sac, lourd dans ses bras, la gênait. Il semblait qu'avec lui elle pesait trois tonnes.

***

Durant son voyage en Egypte Rochelle avait comme par miracle retrouvé une alimentation saine et équilibrée. Elle avait repris des forces et son teint hâlé réjouissait toute sa famille. En outre Rochelle pouvait à présent se regarder dans la glace… et presque se trouver jolie. Sa silhouette avait à nouveau des formes mais la jeune fille ne semblait pas les prendre pour des « poches de graisse ».

Afin de partager tous ses beaux souvenirs elle appela Daure. Elle avait hâte de retrouver son amie… mais celle-ci refusa une première fois, puis une seconde. Rochelle ne s'inquiéta pas plus que d'ordinaire. Au troisième coup de téléphone, Rochelle réussit à la convaincre de la rejoindre chez elle. Si Daure accepta, elle ne semblait pas emballée par l'idée. Elle prévint Rochelle qu'elle risquait de faire une crise. Rochelle la rassura en lui promettant qu'elle ne ferait aucun commentaire et que cela ne l'heurterait pas le moins du monde.

Quand Daure arriva, Rochelle lui trouva les traits tirés. Les dix jours où Rochelle était en Egypte avaient été particulièrement éprouvants pour elle. Elle avoua à son amie qu'elle ne pesait plus que quarante-sept kilos pour un mètre soixante-quinze. Rochelle posa doucement son front contre le sien et, un doigt sur sa bouche, l'invita à regarder ses photographies. Daure tenta d'écouter les commentaires de Rochelle, de rire aux anecdotes concernant Imam, de s'émerveiller devant les dunes de sable… mais elle semblait ailleurs, dans un autre monde.

***

Prise entre désirs et raison, Rochelle ne savait plus trop où elle en était. Etait-ce mieux pour elle de céder à ses envies, de manger tout ce qu'elle voulait, de ne plus devoir résister ni culpabiliser, de ne plus être au bord de la crise de nerfs ?… ou devait-elle au contraire rester stoïque face à la faim, ne pas dépenser cet argent qui ne lui appartenait pas et se tourner vers la voie de la guérison ? Celui qui n'a jamais connu ce sentiment répondrait avec un brin de mépris que Rochelle ferait mieux – bien entendu ! – de suivre la seconde proposition. Cela semblait couler de source... Mais la personne qui sait ce qu'est la faim, qui connaît les sentiments éprouvés dans pareille situation... cette personne répondrait-elle de la même manière ? N'éprouverait-elle pas d'autant plus de désarroi vis-à-vis de ce choix cruel ?

Rochelle était sempiternellement entre deux extrêmes. Elle n'arrivait pas à garder bien longtemps une alimentation équilibrée. Cependant, cette fois-ci, elle parvint à calmer le tourment de son esprit, à se raisonner. Elle choisi de ne pas céder à la boulimie.

Fière d'avoir su résister Rochelle décida d'appeler une amie pour l'inviter à aller au cinéma. Ce soir elle voulait que les autres aient une image positive d'elle-même. D'un pas décidé elle se dirigea vers la salle de bains afin de se préparer pour sa sortie nocturne. Arrivée dans la salle d'eaux, elle se regarda dans le miroir. L'image que lui renvoya la glace l'étonna. Jamais elle n'aurait imaginé pouvoir faire passer tant de choses par le biais d'un simple regard, d'une coiffure un peu originale... Elle attrapa deux élastiques et ramena ses cheveux en arrière avant de grimacer : trop classique. Elle laissa ses cheveux flotter sur ses épaules et en sépara une mèche qu'elle fit tomber juste devant ses yeux : trop sexy. Finalement elle choisit de se coiffer en fermant les yeux... et fut plutôt satisfaite du résultat ! Ensuite elle se farda d'un discret rose saumon et souligna ses jolis yeux d'un trait de crayon noir. Elle se parfuma de chèvrefeuille et ajusta son étole sur ses épaules.

Après tout n'était-elle pas agréable au regard avec son fin tour de taille et son style peu ordinaire ? Rochelle se surprit une nouvelle fois : c'était la première fois en deux mois qu'elle se trouvait réellement jolie.

***

Le message de son amie s'offrit à ses yeux avides. Comment se sentait-elle ce soir ? Les mots défilaient les uns après les autres. Daure ne l'avouait pas mais ses paroles révélaient son mal-être. Rochelle se sentit ridicule. Elle parlait trop de sa propre personne, de son malheur personnel… Elle se trouvait imbue d'elle-même, trop peu attentive à Daure. Elle détourna les yeux de l'écran. Le fait que son amie cherche à lui dissimuler son malaise faisait naître en elle une sensation indescriptible… comme si elle ne servait à rien.

Elle avait si peur pour Daure… Quant elle savait que son amie n'allait pas pour le mieux, sa propre anorexie empirait de façon systématique. Se sentir impuissante face à ce problème qu'elle connaissait si bien la mettait en colère. Colère d'être inutile. Peur pour Daure. Mal pour Daure… Elle savait ce que son amie était en train d'endurer. Les mots parlaient d'eux-mêmes. « Pas d'argent. » « Si faim… »

Rochelle ferma les yeux et se rappela. Elle vit une aiguille. De multiples points rouges sur son poignet. Mutilation. Des larmes plein les yeux. Sombres pensées. L'impression d'étouffer. Elle se souvint alors une nouvelle fois de ce mouvement si brusque et si douloureux qui soulageait cependant les tourments de l'âme au dépit du corps. Mutilation plus profonde. Plus de points rouges mais un filet de sang chaud qui se répandait lentement sur le drap blanc… Le cœur qui reprenait peu à peu un rythme plus régulier, la poitrine qui se soulevait moins rapidement. Les yeux séchés sous le contact d'un mouchoir en tissu… Et le poignet lavé, soigné… Elle se voyait sortir de sa léthargie. Mais les points demeuraient, bien visibles sur sa peau.

Les images se succédaient dans les pensées de la jeune fille. L'époque où elle s'adonnait régulièrement à l'automutilation était aussi celle où elle avait inventé la « Théorie des six sens » qui expliquait son point de vue quant au « bonheur suprême », bonheur qui comblait les cinq sens et n'était total qu'à partir du moment où l'esprit était libre lui-aussi.

Les souvenirs étaient trop douloureux. Maintenant Rochelle avait retrouvé un poids dit « normal ». Son IMC était de dix-huit virgule cinq. Autrement dit elle était à la limite de la

« maigreur excessive » mais sa santé n'était pas considérée en danger. Tout le monde la félicitait pour sa prise de poids, chacun vantait la féminité qu'elle avait su retrouver. A chaque fois Rochelle hochait la tête avec un sourire entendu, l'air d'accorder leurs paroles aux gens… mais sa tête lui criait chaque minute qui passait combien elle était lourde, combien elle avait repris du poids en si peu de temps alors qu'elle aurait pu conserver cette ligne qui lui allait malgré les remarques incessantes de ses proches, cette ligne qui aurait pu s'affiner encore et devenir alors presque aussi parfaite que dans ses rêves les plus chers… Rochelle n'était pas encore guérie et elle en avait douloureusement conscience.

***

Rochelle avait un cœur immense. Jamais elle n'avait prétendu haïr quelqu'un. Elle avait toujours pardonné, invoquant de variables raisons. Rochelle aimait. Cela lui faisait mal de voir les Hommes se déchirer les uns les autres, mais elle les aimait. Et si untel lui faisait une remarque déplaisante, c'était parce qu'il ne se rendait pas compte de ce qu'il disait. Et si celui-ci taguait sur les murs du lycée que sa voisine était une fille facile c'est parce qu'il n'arrivait pas à exprimer autrement sa rancœur vis-à-vis de leur dernière dispute. Et si cette demoiselle, là-bas, lui avait dit que les anorexiques ne l'étaient que par manque de volonté, c'était qu'elle regrettait de ne pouvoir avoir ce pareil incroyable contrôle de soi…

Rochelle était la gentillesse même, une perle d'amour. Seuls ses proches – qu'elle aimait pourtant sans limites – pouvaient souffrir de son manque de patience, de sa fatigue immense et de son ras-le-bol général. Parce que s'il n'était pas difficile à Rochelle d'aimer les autres, il lui était en revanche impossible de s'apprécier elle. Rochelle aimait les gens mais se haïssait.

Malgré tout et même si elle ne s'en rendait pas vraiment compte, la jeune fille remportait chaque jour de petites batailles contre la maladie. L'image qu'elle avait d'elle-même était toujours assez négative. Rochelle s'ouvrait aux autres mais avait encore du mal à rester longtemps concentrée lors de discussions. Le jour présent, alors que ses amies dissertaient sur la différence entre les prénoms « Eléanor » et « Aliénor », Rochelle était de nouveau pensive. Elle s'imaginait mère, se disant que l'arrivée d'un bébé pourrait changer toute son existence, la sauver définitivement. Elle voulait une fille. Bien sûr elle savait qu'elle devrait toute sa vie veiller à son alimentation et à plus forte raison à celle de son enfant. Bien sûr elle savait qu'elle aurait de nouvelles responsabilités, de nouveaux soucis. Mais elle serait responsable de la vie d'un enfant. Elle aurait donné la vie à cet enfant. Elle se saurait utile et pourrait enfin donner sans compter tout cet amour dont elle débordait. Mais Rochelle n'avait pas de petit ami et n'avait toujours pas envie d'avoir de relation amoureuse autrement que pour le côté affectif, réconfortant et sécurisant qu'elle lui procurerait. Et elle savait pertinemment que peu de garçons accepteraient de se réduire à cet amour « maternel ». Et puis Rochelle n'avait pratiquement plus de libido. Depuis longtemps elle n'avait plus ses règles. Rochelle était devenue une jeune fille au physique plutôt androgyne et à la mentalité pourtant bien féminine. La demoiselle aimait se maquiller, se vêtir de façon recherchée et parfois même un rien sensuelle... Mais en dehors de ces apparences trompeuses et de sa mentalité bien définie son corps refusait de lui octroyer l'identité de « femme »... ce qui la faisait vivre dans la hantise de finir seule. Son manque de confiance en elle et ses rares « expériences » ne faisaient que confirmer ce sentiment. Il lui semblait impossible qu'on puisse vouloir d'elle pour ce qu'elle était, pour sa personne propre.

**

« *L'ourson Anouchka noua les lacets de ses chaussures. Il attrapa un haut de forme dans son armoire et se frotta les mains avec un rire bon enfant avant de sortir de chez lui en chantonnant...* » Rochelle interrompit un instant sa lecture. Natanaël leva vers sa sœur une bouille enfantine. Loin de ses soucis quotidiens, avec pour seuls univers l'ourson Anouchka et le visage impatient de son petit frère, Rochelle se sentait bien. Natanaël tira la manche de son pull-over trop large. « *La suite, Rochelle ! S'il-te-plaît, raconte moi la suite !* » Rochelle sourit à son petit frère, lui caressa les cheveux. Si seulement tout pouvait rester comme ça... Si seulement la vie pouvait s'arrêter là.

***

Rochelle avait enfin l'impression de revivre. La simple vue de la mer nourrissait en elle un bonheur incomparable. Sentir ces odeurs particulières, écouter le doux chant des vagues, marcher pieds nus sur un sable fin, admirer l'immensité de la grande bleue... et s'allonger sur les rochers, ne plus penser à rien qu'à ce merveilleux endroit, à cette mère de tous les exilés du monde, à cet élément tour à tour calme ou déchaîné, qui prenait des vies pour en protéger d'autres, qui nourrissait les hommes de sa beauté et qui en engloutissait pour assouvir le simple plaisir d'une puissance sans bornes. Rochelle semblait déchiffrer tous les codes qui lui étaient envoyés. Le vent sur ses épaules frémissantes, l'eau salée sur ses pieds gelés...

Elle s'assit à même le sol, trempant ses vêtements. Bien. Elle était bien et se fichait de savoir si elle attraperait froid, si sa mère lui reprocherait son manque de soin pour ses habits fraîchement repassés ou si la marée montante aurait bientôt raison d'elle. Elle ne voulait pour rien au monde retourner sur ses pas, retrouver ses soucis. Ici quelqu'un – ou du moins quelque chose – prenait soin d'elle, la berçait, lui racontait mille et une histoires. Accompagnée dans son doux murmure, la mer laissait parfois place aux étoiles, à la fois si loin d'elle et tellement proches...

Rochelle remplit ses poumons d'iode. Elle ferma les yeux sous l'effet d'un sentiment indescriptible que seuls peuvent connaître les âmes sensibles ouvertes à ce qui les entoure. Telle une sirène, elle fit entendre sa voix claire, se mettant à chanter afin de participer au ballet de la nuit. Jamais Rochelle n'osait chanter en public. Elle n'aimait pas sa voix. Mais ici, ce soir, sans crainte de briser cette harmonie, elle créa une mélodie qu'elle dédia à cette heure si particulière. Elle se leva, tournoya sur elle-même. Ses pieds nus se posaient à peine sur le sable mouillé. Rochelle se sentait tel un ange au paradis. Elle courait, plus légère que l'air, plus rapide que les oiseaux. Le vent l'accompagnait. Sensation folle. Toute puissance. Surpuissance. Poids plume… Elle avait l'impression qu'elle allait s'envoler. Elle courait sans regarder où elle allait, les yeux clos, riant à gorge déployée… loin des Hommes. Son ample tunique blanche flottait autour d'elle. Un ange. A cet instant, Rochelle n'était plus sur terre.

***

Comme dans un rêve. Elle volait. Volait tel un oiseau. Elle déployait ses ailes, s'élançait et sautait dans le vide sans jamais retomber. Elle passait au-dessus des maisons, des forêts et des rivières pour enfin atteindre l'océan. De là-haut l'immensité bleue semblait infinie. Il n'y avait rien à l'horizon. Rien que ce bleu qu'elle contemplait à ne plus pouvoir fermer les yeux. Parfois elle croisait sur son chemin un petit nuage, amené là par une douce brise. Le soleil dardait sur son corps ses chauds rayons. Et jamais elle ne fatiguait, tournoyant dans les airs comme si elle l'avait fait toute sa vie durant… Jamais elle ne s'en lassait, persuadée qu'elle seule avait cet incroyable privilège.

Et lorsqu'elle ouvrit les yeux et vit le plafond de sa chambre, elle se rendit compte qu'elle rêvait réellement. Mais ce rêve si particulier avait eu le pouvoir de faire surgir en elle un sentiment de bien-être absolu.

***

Rochelle se passa un gel parfumé sur les mains. Se maquilla avec la plus grande attention, harmonisant couleurs et vêtements. Elle prit même le temps de se vernir les ongles. Elle s'aimait bien aujourd'hui. Ni trop grosse, ni trop mince. Ce sentiment lui redonnait confiance en-elle. Elle avait enfin l'impression de ne plus penser à la nourriture, d'être libre de toutes ces obsessions… Elle chantait à tue-tête, dansait, riait. Elle regarda l'heure et ouvrit des yeux grands comme des soucoupes lorsqu'elle se rendit compte qu'elle allait rater son bus.

Rochelle empoigna son sac, le jeta machinalement sur ses épaules, enfila ses bottes et se dépêcha de se rendre à son arrêt. Arrivée là-bas – à une minute à pied – elle se sentit défaillir... Même avec un petit-déjeuner dans le ventre, son corps ne supportait pas encore de tels efforts.

La jeune fille ferma les yeux et se remémora le chiffre que lui avait indiqué la balance, quelques minutes plus tôt. Cinquante kilos. Rochelle avait réussi à maintenir un poids stable pendant deux semaines. Une victoire. Elle n'avait pu s'empêcher de céder à une crise en début de semaine mais elle s'était nourrie normalement le reste du temps. Elle avait une nouvelle fois constaté combien il était difficile pour elle de ne pas se priver ou de ne pas « partir dans les excès ». Mais ce matin là, et malgré son léger malaise, tout était différent.

Rochelle avait tenu deux semaines. Elle avait réussi à se persuader que cinquante kilos était un poids raisonnable. Elle avait réfléchi et s'était dit que ces deux semaines avaient été un « grand mieux ». Elle avait la sensation d'avoir franchi un pas immense dans sa maladie, d'avoir commencé l'ascension de cette immense montagne qui s'était dressée un beau jour au travers du chemin de sa vie. Manger normalement lui était encore difficile à admettre, il était trop tôt pour se prononcer sur les résultats satisfaisants de ces deux semaines mais d'ores-et-déjà, Rochelle pouvait se dire qu'elle ressentait moins de fatigue et que sa ligne n'en était pas pour autant catastrophique... C'est pourquoi elle souhaitait se faire plaisir aujourd'hui : elle voulait se féliciter en récompense de ce « dur labeur ».

Soif. Rochelle avait constamment soif. Soif d'apprendre, soif de tout connaître. Elle s'intéressait à tout ce qui touchait à la culture, à l'art en général. Elle dévorait les revues historiques et retenait la quasi-totalité de ce qui y était inscrit. Se rappelant combien elle avait apprécié la sortie au musée avec sa classe, elle avait décidé d'y retourner et d'y passer une partie de l'après-midi.

***

Pénétrant à pas de loup dans la première pièce du musée, elle tomba nez-à-nez avec une sombre scène de pillage nocturne, tableau rendu effrayant à l'aide de simples touches de peinture bleue. Tableau fascinant. Mais ce tableau n'était pas celui recherché par la jeune fille qui poursuivit son chemin dans la salle dédiée aux œuvres du XVIème siècle.

Des dizaines de femmes se donnant la mort… Le bruit de ses pas sur le parquet. Un tableau plat si ce n'étaient deux larmes sur les joues blafardes d'une Madeleine pénitente. Et les abricots… Et l'enfant. Les sombres contours, les visages calmes des deux femmes comme par un miraculeux contraste. Une longue robe empreinte de la lumière de la vie. Et l'enfant. Le Nouveau-né enserré dans ses langes. Le Nouveau-né comme mort. Le Nouveau-né serein, innocent… sans connaissance aucune du monde qui l'environnait. Dormant dans les bras de celle que Rochelle supposa être sa mère, proche des douces flammes d'une bougie. Son visage. Son nez surtout. Cet enfant, Rochelle aurait pu le mirer des heures et des heures.

Sa montre lui indiqua que le musée allait fermer. Devait-elle déjà laisser l'enfant ? Le subtil jeu de lumière ? La vie et la mort, mais surtout la vie ? Et cet enfant. A contrecœur Rochelle tourna les talons à « son » œuvre.

La jeune fille passa devant le sarcophage de la chanteuse d'Amon Di-Ast-Iaou. Il lui sembla qu'une force invisible la faisait reculer. Elle DEVAIT reculer. La femme de couleur ocre suivait son regard d'un air mélancolique, un air de défi. Rochelle accéléra le pas, passa devant une urne cinéraire du IIIème siècle. Celle-ci retint son attention : le visage gravé de Pormone de Germaine paraissait tellement intéressant à étudier... Mais elle ne put demeurer plus longtemps face à la figure de pierre : Pormone était le type de femme dont Rochelle redoutait les formes.

Moins cinq. Un tableau aux bleus représentatifs d'une vie complexe. Un autre à l'azur d'une vie d'ange. Comment tant de choses pouvaient être véhiculées par cette seule couleur ? Les peintres restaient pour Rochelle d'illustres inconnus mais il est vrai que la jeune fille n'avait pas une culture très développée en ce qui concernait la peinture. Si elle aimait aller dans les musées c'était parce que les tableaux la faisaient vibrer d'émotion, qu'ils éveillaient en elle une sensibilité certaine... et pourtant jamais elle n'aurait pu en expliquer le contenu ni la construction réelle. Généralement les peintres les plus connus ne remportaient pas sa faveur, elle ne savait pourquoi. Ainsi elle passa sans s'arrêter devant les œuvres de Picasso et continua sans même un regard pour le « *Thé plus odorat... qui s'ébaudit ? Non ?* » de Dugrêne. La sombre inspiration d'Yves Tanguy éloigna définitivement ses pas de cette salle où seule la vision de la signature de Keyka lui avait semblé digne d'intérêt.

Moins deux. Rochelle se précipita dans l'escalier. Nu à mi-corps : belle femme de Picasso qui avait ici su jouer d'un même marron. Le peintre remonta dans l'estime de Rochelle. Farandole dans les nuages. Mer infinie, d'un bleu qui lui rappelait tellement l'océan... Un portrait tel une photographie. Tant d'œuvres encore... Mais Rochelle ferma les yeux. Elle voulait laisser l'image de l'enfant s'imposer à elle.

A la sortie du musée un homme lui proposa de poser pour lui. Il la détaillait des pieds à la tête avec un sourire douteux. Rochelle refusa sa proposition et s'éloigna d'un pas léger.

***

Ce matin-là Rochelle avait décidé de trier ses vêtements. Elle voulait tous les essayer, tous sans exception. Bien vite elle se rendit compte que la taille de ses pantalons allait du trente-deux au quarante-quatre. Elle tenta d'enfiler un pantalon en trente-quatre, vêtement qui s'avéra trop étriqué. Elle ne broncha pas le moins du monde et poursuivit ses essayages. La jeune fille fut tout de même soulagée lorsqu'elle se rendit compte que le pantalon en quarante-quatre était beaucoup trop large pour elle. Au final elle décida de garder tous ses habits. Elle rangea ceux qui ne lui allaient plus au fond de son armoire et déposa les autres, ceux « taille trente-six », à portée de main. Puis elle sourit… Porter du trente-six était très raisonnable. Alors qu'elle était en train de ranger ses affaires, la jeune fille eut le plaisir de se rendre compte qu'elle pouvait à nouveau porter des vêtements devenus – à un moment de sa maladie – beaucoup trop grands pour elle.

Dehors le soleil rayonnait. Rochelle fut prise d'une soudaine envie de s'adonner au lèche-vitrine. La jeune fille sillonna le centre-ville tout l'après-midi. Elle acheta le dernier disque d'un groupe Indou encore méconnu en France ainsi qu'une affiche représentant un paysage irréel et une lampe diffusant une lumière tamisée.

Passant devant la boutique d'un tatoueur, elle hésita à entrer. Puis elle se dit qu'elle s'était privée tellement longtemps… Qu'elle pouvait bien en profiter encore un peu aujourd'hui. Ainsi elle se fit percer la partie supérieure de l'oreille et se fit tatouer une petite fée au creux des reins. Le tatoueur n'était pas exigeant et il ne lui demanda même pas si elle était majeure. Rochelle poursuivit son épuisant périple en se faisant décolorer des mèches de cheveux en bleu. Elle rayonnait…

Néanmoins, si elle avait dormi un laps de temps suffisant et s'était nourrie correctement durant deux semaines… son « passé » d'anorexique la rattrapa bientôt. Elle vint à manquer d'énergie. Le moral au beau fixe, elle opta pour une toute dernière boutique : un magasin de lingerie. Sa préférence alla à une chemise de nuit en soie. Elle caressa le tissu avant de regarder la somme qui lui restait dans son porte-monnaie. C'est avec satisfaction qu'elle se rendit compte qu'il lui restait l'argent nécessaire pour ce dernier achat. Rochelle put finalement rentrer chez elle sans être attristée de cette fatigue anormale. Dans sa chemise couleur nuit, paisible, elle se reposait enfin…

***

Rochelle venait juste de s'endormir quant elle sentit quelque chose remuer sur son lit. Effrayée, elle retint son souffle.

Puis une petite main lui caressa le visage. Une voix d'enfant chuchota son prénom à son oreille. Rochelle reconnut celle de sa sœur. Elle alluma la lumière et, pensant qu'Océane était malade, allait lui conseiller d'aller voir leur mère. Cependant, à sa grande surprise, la fillette était habillée et lui tendait robe de chambre et bonnet en laine. Etonnée, Rochelle écarquilla les yeux.

Sans bruit Océane alla ouvrir la fenêtre et, d'un geste de la main, elle lui fit signe de regarder. Son sourire découvrait des dents de lait éclatantes de blancheur.

Les jours avaient succédé aux jours, les mois aux mois... Les vacances d'été s'étaient achevées et une nouvelle année scolaire avait débuté. Les feuilles couleur automne avaient été balayées par le vent froid de l'hiver.

A l'extérieur, dans la nuit noire, il neigeait. Les flocons tombaient lentement sur le sol déjà blanc. Rochelle, les yeux pleins de sommeil, se leva et se dirigea vers cette poussière d'étoile. Elle enfila les vêtements que lui tendait sa petite sœur et les deux complices descendirent dans leur jardin. L'aînée prit la cadette dans ses bras et la fit tournoyer comme elle le faisait cinq ans auparavant. Océane riait à pleins poumons. Ivres de joie et de vitesse les jeunes filles laissèrent tomber sur ce froid manteau leurs corps encore pleins de chaleur. Pour se réchauffer elles se serrèrent l'une contre l'autre. C'était si agréable...

Allongées à terre, elles regardaient le ciel avec des yeux innocents. Ce coton qui tombait comme s'il avait voulu les envelopper de douceur, cette nuit d'encre sans bruit, cette chaleur humaine entre elles, chaleur qu'elles croyaient perdue... Rochelle sentit son visage se mouiller. Elle savait que ça n'était pas l'effet des flocons. Elle déposa un baiser sur la joue de sa petite sœur. De tout son cœur elle la remerciait d'être venue la réveiller afin de lui faire partager ce spectacle. De toute son âme elle lui disait merci d'avoir fait le premier pas vers cette réconciliation qui lui semblait tellement improbable...

Rochelle croyait avoir définitivement perdu sa petite sœur le jour où ses problèmes d'anorexie avaient axé l'attention de ses parents sur sa propre personne… Le jour à partir duquel Océane s'était sentie délaissée. Le jour depuis lequel la petite ressentait une rancœur à l'encontre de cette sœur aînée qui attirait toujours l'attention. Le jour depuis lequel Rochelle elle-même n'avait plus su comment adresser la parole à cette sœur trop petite pour comprendre.

Les bonnes résolutions avaient tenu sept mois… Sept longs mois gagnés sur la maladie… Sept mois qui débouchaient sur un mal-être ancré plus profondément encore, sur un sentiment d'échec difficile à accepter. Seule la chemise de nuit apportait encore un peu de réconfort à Rochelle. Morceau de soie souvenir de cet effort qu'elle avait réussi à fournir. Bout de caresses qui lui prouvait que tout n'était pas perdu. Passant sa main dans ses cheveux blancs de neige, Rochelle sentit l'anneau à son oreille. Penchant la tête vers sa petite sœur, elle vit ses mèches bleues. Se tournant un peu, elle aperçut la figure malicieuse de la fée… Il lui sembla percevoir un clin d'œil de cette énigmatique créature des bois.

Epilogue

Grand soleil. Beau temps sur la France et rien qu'une légère brume tout au fond de son cœur. Ce matin, elle le savait, elle était fin prête. Du moment où elle avait ouvert les yeux, où elle avait émergé de son sommeil, de ses rêves où *elle* lui était apparue, elle avait compris. Le doux chant des oiseaux avait rallumé en elle la petite flamme des souvenirs.

A présent son esprit était suffisamment apaisé. Elle pouvait faire face. Affronter. Les jours s'étaient enchaînés aux jours, les mois aux mois… et une année entière avait ainsi fini par s'écouler. Les larmes avaient eu le temps de sécher, l'esprit de cicatriser.

Elle devait s'y rendre.

***

Les couleurs de l'été ravivaient sa beauté. Son teint légèrement hâlé s'accordait à merveille avec le jaune paille de son débardeur. Sa tresse encore humide par la douche qu'elle venait de prendre lui mouillait le dos. D'un geste de la tête elle la fit revenir sur son épaule. Quelques gouttes d'eau tombèrent à terre. Elle les regarda éclater sur le sol. Plaisir tout simple… et si important.

Ses clefs cliquetaient dans la poche de sa courte jupe. Finalement elle avait choisi d'y aller à pied. Elle pourrait ainsi admirer à loisir l'environnement auprès duquel elle vivait quotidiennement et auquel elle ne prêtait guère attention d'ordinaire. La tête haute, le regard perdu d'admiration devant ce jour nouveau dont elle avait le privilège de partager l'éclosion, elle avançait. Elle se sentait bien. Elle prit même le temps de cueillir quelques fleurs sauvages.

De pas en pas elle chemina. Sereinement elle franchit le portail tant redouté. Les allées se succédaient aux allées, si semblables et tellement différentes à la fois. Les graviers crissaient sous ses sandales. Elle évoluait dans ce lieu qu'elle ne connaissait pas comme si elle s'y était déjà rendue maintes fois auparavant.

***

Et soudainement, au détour d'un chemin, elle aperçut *le* blanc. Les parterres de roses. S'approchant, elle put distinguer leur parfum. Baissant les yeux, elle eut la confirmation. C'était bien là que se trouvait son amie.

***

L'imposante dalle blanche contrastait avec la finesse des lettres gravées sur le monument. Elle caressa la pierre puis l'image représentant la mer par une nuit étoilée. Elle était émue : l'endroit était réellement, sincèrement beau. Il dégageait comme un espoir, un souvenir triste et chaleureux à la fois. Il lui semblait que *sa* présence auréolait le lieu et ses alentours. Avec des gestes emplis d'une affection sans limites, elle déposa le bouquet de fleurs sur la tombe.

***

Elle voulut se poser, passer un peu de temps avec *elle*. Elle mit la main dans sa besace et en sortit un paquet de biscuits. Elle en prit deux et rangea le reste dans son sac. Pensive, elle croqua le premier gâteau. Dans son dos le soleil chauffait. Les oiseaux chantaient. C'était l'été. Un été de rêve avec des températures idéales et un ciel sans nuage.

Quelques miettes tombèrent sur son débardeur. D'une main leste elle les fit tomber non loin d'un joli vase en faïence bleue.

***

Elles avaient partagé tellement de choses ensemble… Jamais elle n'aurait réussi à être là aujourd'hui, bien vivante, sans *son* soutien. Elle en était persuadée. Son amitié lui manquait tellement... Ce vide qui se comblait peu à peu ne le serait jamais totalement. Comment pourrait-elle oublier la façon dont elles avaient affronté leurs difficultés toutes deux, avec force pleurs et rigolades...

Leur histoire avait été si intense émotionnellement... et si particulière... particulière jusqu'à la fin. Jusqu'à ce jour où, ouvrant sa boîte aux lettres pour relever le courrier, elle avait reconnu l'écriture de son amie.

Cette missive, elle pouvait presque la réciter de tête. Elle était comme imprimée dans sa mémoire...

« Mon Moi numéro 2,

Ce soir je meurs. C'est écrit dans mon histoire : c'est là qu'elle doit se finir. J'aime tellement la vie que je ne supporte plus la mienne. J'aurai tant apprécié de pouvoir boire à pleines gorgées ce qui fait tous les petits bonheurs quotidiens... Mais il me semble qu'il est impossible qu'un jour je puisse à nouveau exister réellement... C'est donc avec cet amour de la vie, grâce à lui, que je m'en vais sans douleur, doucement, pour enfin devenir plus légère que l'air, plus puissante et plus discrète à la fois... Libre.

Tu sais ce que signifie cette lettre et c'est la raison pour laquelle je vais tâcher de faire court tout en essayant de te livrer mes sentiments les plus profonds... sans te blesser. C'est si difficile...

Sache que tu m'as pour ainsi dire maintenue en vie jusqu'à aujourd'hui. Ton amitié a été un don très précieux. Chaque jour, savoir que tu étais là pour moi, présente à mes côtés, compréhensive et si proche dans ta façon de percevoir le monde qui nous entoure, a été un bien immense. Tu es quelqu'un d'unique et mon souhait le plus cher serait de te voir remplie de bonheur. C'est pour cette raison que je t'adresse ce papier : vis, je t'en prie, vis ! Vis ! Vis ! Ne laisse plus rien ni personne accaparer cette part de bonheur qui te revient de droit. Sois heureuse et ne renonce jamais ! Pour le reste, nul besoin de t'écrire ce que tu sais déjà...

Range-moi dans un coin de ta mémoire. Ressors-moi parfois et alors rappelles-toi de nous, de ces deux jeunes filles perdues dans un monde si complexe.

Il me reste à te demander de veiller sur mes proches. Je les autorise à me pleurer mais je leur ordonne de profiter de la vie... en mon nom, moi qui n'y ai pas réussi. Je compte sur toi et pars confiante.

Rochelle »

***

Du jour où elle s'était pesée, tout s'était à nouveau effondré. Au bout du rouleau, elle avait opté pour une solution radicale. On l'avait trouvé là un beau matin, gisant sur son lit, dans des vêtements d'un blanc éclatant, la petite fée endormie au creux de ses reins. Seul son poignet était auréolé de rouge…

***

Derrière-elle une adolescente s'était avancée sans bruit. De ses doigts elle avait effleuré l'épaule de Daure et prit sa main blanche dans la sienne. Levant les yeux, Océane avait murmuré :

« A toi-aussi elle te manque, n'est-ce pas ? Elle était si... enfin, elle n'avait pas l'air mal pourtant. Comment a-t-elle pu... ? ».

Une larme s'écrasa sur la pierre blanche.

Immobiles, les deux jeunes filles avaient à nouveau plongé dans leurs souvenirs.

***

Une multitude de pensées s'imposaient à elles. Comme la stupeur provoquée par cette perte si brutale qu'elle en avait décimé une famille entière.

Le père avait disparu deux jours après l'enterrement. Il n'avait pas supporté. Il n'avait pas compris.

La mère avait tenté de faire face mais elle n'y était pas parvenue. Depuis elle passait le plus clair de son temps dans une institution spécialisée.

Le frère aîné avait choisi la fuite à l'étranger. Le Portugal, pays dans lequel il avait trouvé – selon ses mots – « le seul moyen d'avoir une vie stable ».

La grande sœur s'était retrouvée avec une petite sœur et un petit frère sur les bras. Il avait fallut s'en occuper.

Finalement la petite sœur n'avait pas réussi à supporter cette nouvelle situation et elle avait opté pour l'internat.

Quant au petit frère, il se consolait par le biais des ronronnements de Sogno... Puis, aussi et surtout, grâce aux gazouillements de Roxane, sa nièce qui venait de naître et dont il s'occupait avec fierté.

Malgré ses « précautions », malgré une longue lettre exprimant son désir de les voir heureux tous ensemble... sans elle… elle avait échoué. Son suicide les avait tous plongé dans le désespoir. Seule Daure avait réussi à maintenir un certain équilibre. Elle était sortie de l'anorexie après une longue, très longue hospitalisation. Sa rémission, elle en était certaine, ne serait jamais complète. Elle était consciente qu'elle devrait encore longtemps veiller à son alimentation. Et lorsqu'elle trouvait cela un peu difficile, elle songeait à Rochelle, Rochelle son amie happée par l'infernale tourmente de l'anorexie.

Annexes

- Poème : <u>La vie est un songe</u>, Jacques Vallée DES BARREAUX

- « Galerie des Arts » : tableaux de Georges DE LA TOUR et d'Yves LALOY

- A lire… A voir…

La vie est un songe

Jacques Vallée DES BARREAUX (1599-1673)

Tout n'est plein ici bas que de vaine apparence,
Ce qu'on donne à sagesse est conduit par le sort,
L'on monte et l'on descend avec pareil effort,
Sans jamais rencontrer l'état de consistance.

Que veiller et dormir ont peu de différence,
Grand maître en l'art d'aimer, tu te trompes bien fort
En nommant le sommeil l'image de la mort,
La vie et le sommeil ont plus de ressemblance.

Comme on rêve en son lit, rêver en la maison,
Espérer sans succès, et craindre sans raison,
Passer et repasser d'une à une autre envie,

Travailler avec peine et travailler sans fruit,
Le dirai-je, mortels, qu'est-ce que cette vie ?
C'est un songe qui dure un peu plus qu'une nuit.

« GALERIE DES ARTS »

Georges DE LA TOUR, *Le nouveau-né* (vers 1645)

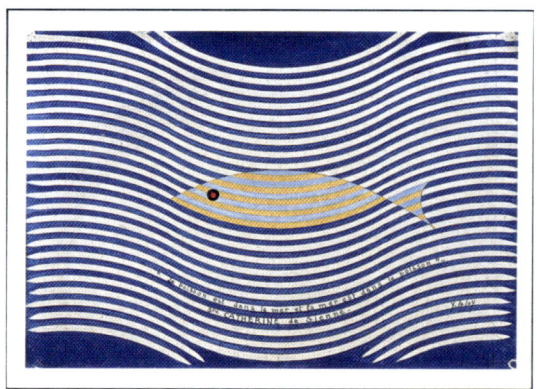

Yves LALOY, *Le poisson dans la mer* (1970)

Yves LALOY, *Sans titre* (1952)

A LIRE… A VOIR…

A lire…

- Biographie de la faim, A. NOTHOMB
Editions Albin Michel, collection Le Livre de Poche
PARIS, mai 2006, 191 pages

- Thornytorinx, C. DE PERETTI
Editions Belfond, collection Pocket
PARIS, octobre 2006, 153 pages

- Nadja, A. BRETON
Editions Gallimard
PARIS, juin 2007

- Philosophie, E. CLEMENT & C. DEMONQUE
Editions Hatier
PARIS, mars 1995, 608 pages

A voir…

- « Je vais bien, ne t'en fais pas », un film de P. LIORET (2006)
D'après le roman d'O. ADAM aux éditions « Le Dilettante »

Table des matières

Une plume du poids d'une montagne	P.07
L'anorexie mentale en quelques mots :	P.13
I - Définition et épidémiologie	P.13
II - Manifestations	P.14
III - Thérapeutiques	P.14
Chapitre 1	P.17
Chapitre 2	P.45
Chapitre 3	P.95
Chapitre 4	P.109
Epilogue	P.128
Annexes :	P.135
- La vie est un songe	P.137
- « Galerie des arts »	P.138
- A lire… A voir…	P.140